クライブ・カッスラー
& ダーク・カッスラー/著
中山善之/訳

ケルト帝国の秘薬を追え(下)

Celtic Empire

扶桑社ミステリー
1545

CELTIC EMPIRE (Vol.2)
by Clive Cussler & Dirk Cussler

Japanese translation published by arrangement with
Peter Lampack Agency, Inc.
350 Fifth Avenue, Suite 5300, New York, NY 10118 USA,
through Tuttle Mori Agency, Inc., Tokyo

ケルト帝国の秘薬を追え（下）

登場人物

ダーク・ピット	国立海中海洋機関（NUMA）長官
ローレン・スミス・ピット	ピットの妻、下院議員
アル・ジョルディーノ	NUMA水中技術部長
ハイアラム・イェーガー	NUMAコンピュータ処理センター責任者
ルディ・ガン	NUMA次官
サマー	ピットの娘。海洋生物学者
ダーク・ピット・ジュニア	ピットの息子。海洋技術者
エリーズ・アグイラ	アメリカ国際開発庁の科学者
エバンナ・マキー	バイオレム・グローバル社CEO
オードリー・マキー	エバンナの娘。同社現場主任
スタントン・ブラッドショー	アメリカ合衆国上院議員
ハリソン・スタンレー	ケンブリッジ大学のエジプト学者
ロドニー・ザイビグ	NUMAの海洋考古学者
リキ・サドラー	スタンレー教授の随行者
サン・ジュリアン・パールマター	考古学者、ピットの友人
マイルズ・パーキンズ	インバネス研究所の科学者
エイモン・ブロフィー	アイルランドの歴史学者

第三部　ネス湖の秘密

32

「この靴ですが」電話の声はロボットのような一本調子で言った。「どこで見つかったとおっしゃいました？」

「セロン・グランデというエルサルバドルにある貯水湖です」ルディ・ガンは答えた。

「アメリカの協力隊員エリーズ・アグイラが、あの地の水中に入っていた折に履いていたものです」

電話の声が途切れた。「そこはダムが決壊した所ではありませんか？」

スーザン・モンゴメリー博士は几帳面な性格で、疾病予防管理センター（CDC）の疫学研究者の仕事に向いていた。

「そうです」ガンは答えた。「そのためにサンプルの採取がたいそう難しくなった」

「私はナカムラ博士からそのサンプルを受けとっていません。彼が亡くなったなんて信じられません」

「彼の水のサンプルは損なわれてしまいました。それでわれわれはその靴を送ったのです。それが彼の死となにか関連がありそうだと、信ずべき理由があってのことです」

「ミス・アグイラの体調はいかがです?」

「昨日、彼女に会いましたし、今朝また彼女と話をしました」ガンは知らせた。「本件とは関連のない腕の傷をのぞくと、健康そうです」

「問題の水のサンプルを採取した地域で、なにか発症の報告がありますか?」

「エリーズは貯水湖周辺の村々での子どもの死亡に、一定のパターンが認められそうだ、と見ているようです」

「私をミス・アグイラと接触させてもらえませんか? CDCの一チームをセロン・グランデへ送りこんで調査したいのです」

「彼女からあなたに電話するように伝えます。どんなことが分かりました?」

「現時点では確かなことは言えません、あるサンプルを抽出したばかりなので」モンゴメリーは答えた。「それは水を媒介とするバクテリアで、コレラ菌に似ているように思われます」

「コレラは水の衛生状態が悪い場合に通常発生する、そうではありませんか?」ガンは訊いた。「貯水湖の水が不衛生な排水のせいで汚染されたためでしょうか?」

「ありえます」モンゴメリーは間を置いた。「ですが、奇妙なのです。というのは、エルサルバドルではもう一〇年以上コレラの発生が報告されていないからです。もっと心配なのは、あなたが先ほど触れた潜在的死者です」

「確かに奇妙な状況だ」ガンは言った。

「ですが、速断は禁物です」モンゴメリーは注意した。「間もなく、もっと詳しいことが分かるでしょう。生化学およびDNAテストで、水中に含まれているものがはっきり確認されるはずです。その間に、私は貯水湖へ入った人や周辺の住民たち全員の健康状態を調べるつもりです」

「感謝します、博士。あなたの所見をこの先も教えていただけるとありがたいのですが」

「きっとそうします。あなたとミス・アグイラが私たちに協力を求めてくださって喜んでいます」ガンはさらに電話を二度掛けた。時間は午後五時を過ぎていたが、彼はその日のうちに片づけたい仕事がもう一つ残っていた。彼が階段で五階へ下りて行くと、ハイアラム・イェーガーはいつものように曲線状のテーブルに向かって座っていた。彼は若いソフトウェア技師二人とコードの検討中で、ガンは技師たちが近くの間仕切りに戻っていくのを待ってイェーガーの隣に腰を下ろした。

「邪魔をしたのでなければよいが」ガンは声を掛けた。

イェーガーは首をふった。「ソフトウェアの些細な故障です。われわれの北大西洋氷山追跡衛星へのアップリンクの」

「私はつい先ほど、アトランタのＣＤＣのスーザン・モンゴメリー博士との電話を切ったところなのだが。セロン・グランデ貯水湖の水にはなにかが潜んでいるらしい」

「ピットが危険に直面しているのですか？」

「それは無いようだ。それならすでに、悪い兆候が現れていそうなものだ。彼には伝言を送ったのだが、国外便で出発した直後だった。私は彼が救った若い女性とも話をした。エリーズ・アグイラ。元気だ。彼女は医者に診てもらうことに同意した、あくまでも念のためだが」

「なんなんです、その水に含まれているものは？」

「モンゴメリーはコレラではないかと考えている。彼女は目下(もっか)テストの結果待ちだ」

「ピットとエリーズはひどく待ちどおしいでしょう」

「まったくだ」

「あんたはそれ以外に、もっとなにかあると思っているんだ？」

「正直いって、どう考えていいのか分からないんだ。モンゴメリーはこの数年、エルサルバドルでコレラは報告されていないと示唆している。最近、コレラ・タイプの不意の発生がほかにないか、君、調べてもらえるだろうか？」

イェーガーはガンが質問を言い終わる前にキーボードを叩(たた)いていた。ビデオボードは世界の煌めいている海洋図を写しだした。ただし、上隅にはエジプトの象形文字盤も表示されていた。イェーガーの指示でその文字盤は消え、検索ページが取って代わった。

「今のは何だね？」

「ある記念碑の碑文です。ダークとサマーがナセル湖の底で見つけた」

「あの二人は帰国の途中だと思っていたが」ガンは言った。「私が彼らの残っていた仕事をキャンセルしたんだ、エジプトの当局がもっと安全を確保することに同意するまで。彼らとザイビグは運がよかった、あの墓荒らしたちに殺されずにすんだのだから」

「ダークたちは、人工物盗難の背後でなにかが蠢いていると考えているようです」

ガンは首をふった。「それが何であれ、危険を冒す価値はない」

片隅のビデオスクリーンが生気を帯び、過去二年間に世界中で発生したコレラが列記された。最悪なのはアフリカ、イエメン、ハイチ、それにインドだった。

「全地球のコレラの数は総体的に減りつつあるものの、最近、増加に転じている気配がある。サブサハラ（サハラ以南）アフリカは長年にわたってこの病と闘ってきた」イェーガーは言った。「戦争が継続中なので、イエメンでは健康および衛生面でのサービスが急激に悪化している。ハイチはいまだに地震の被害から回復の途上にあるし、インドは依然としてその脆弱なインフラの強化の最中にある」

「そうした地域での発生は分からないではない。ほかにも、この疫病の重大な発症地はあるのだろうか？」

イェーガーはまたキーボードを叩いた。「いくつかの場所で、まぎれもなくこの一年内に報告された症例が増えている。ムンバイ、カイロ、カラチ、それに上海がリストのトップだ。ムンバイでの大発生が最近ニュースになったのを覚えている。疫病はどうやらあの都市中に広がったらしい」

「驚いたよ、上海がリストに載っているんで」ガンは言った。

イェーガーは追加検索した。「報道記事によると、ある汚水処理場で汚染源とおぼしき物体の処理が正しく行われなかったせいのようです。死者はいまも発生している」

ガンは首をふった。「われわれはＣＤＣとＦＢＩがエルサルバドルでどんな手を打つか、成り行きを見守るしかないようだ」

彼が引き揚げようと立ちあがると、イェーガーが片手をあげた。「待ってくれ、ルディ。ほかにも、あなたに頼まれた調べ物がある」彼は薄手のフォルダーに手を伸ばし、それをガンにわたした。

ガンは標題に目を走らせ腰を下ろした。「バイオレム・グローバル株式会社。デトロイトでのわれわれの共同作業者。なにか興味深いことが見つかったかな？」

「あまりないんです。個人企業なので公の記録は乏しくて。一九九〇年代の後半に、フレイジャー・スミス・マキー博士によって設立された。彼はあらゆる面で天才的な生化学者だった。エジンバラ大学の研究者のポストを去って、あの会社を起こした。当初、彼は微生物を使っての、北海における流出石油の汚染除去に専念していた」イエーガーはファイルのほうに向かってうなずいた。「その後会社はその製品の幅を広げ、さまざまな有害廃棄物に遺伝子改変微生物によって対応するようになった」

「マキーはまだ健在なのか？」

「彼は五年前に船舶事故で命を落とした。彼の妻のエバンナ・マキーが会社を継ぎ、現に経営に当たっている」

「そうとも。彼女と話したことがある」

「彼女は世界の実業界や政界の中でも、大物だ。会社そのものはあまり目立たないが」

「業務の範疇は？」

「はっきりしないんです。彼らの仕事の多くは、内密に契約されている。誰しも、有害な流出物を抱えているとは触れ回りたくはない。そのファイルには、広く注目を浴びた一握りの仕事が記載されているだけで」

ガンはその報告書をめくっていった。「彼らはこと国際的な事故に関しては、確かに即応態勢にある」彼は言った。「長江河畔の肥料工場火災、パリに近いセーヌ川での化学薬品流出、それにカラチでの石油タンクの爆発。しかも、いずれも過去六か月に生じている」

「彼らの世界的な進出は、この二年間に一段と顕著になっている」

ガンは頁（ページ）をめくり、椅子（いす）の上で身体を強張らせた。そこにはさらに三つの事業が記載されていた。

「ムンバイ付近での石油パイプラインの破断、エルサルバドルの金鉱山でのシアン化物浸透坑の漏出、さらに、カイロにおける化学薬品の流出」彼はビデオウォールスクリーンにちらっと目を向けた。依然としてコレラ発生のリストが表示されていた。

「作業リストにムンバイとカイロが列挙されている、カラチと共に。長江河畔は上海のことかもしれない。しかも、エルサルバドルに加えて」

「なにか共通点があるようだ」イェーガーが言った。「例の金鉱山の汚染除去に関してどんなことが分かるか、調べてみましょう」

彼はエルサルバドルの地方記事をいくつか検索し、スペイン語から翻訳した。二人は大きなスクリーンに写しだされた記事に目を通した。

「旧ポトニコ金鉱山のシアン化物浸透坑はどうやら地滑りのために破断したようで

す」イェーガーは知らせた。「当局は環境活動家たちが、鉱山の全国的な禁止への広範な支持を得るために、地滑りを引き起こしたのではないかと疑っている」

「その場所は？」ガンが訊いた。

イェーガーはエルサルバドルの地図を写しだした。「あの国の北西部です。サンサルバドルからおよそ五〇キロで、セロン・グランデ貯水湖の湖畔にあり」

「それだ！　接点がある」

「金鉱山騒動の汚染除去に使われたバイオレム社の製品に」イェーガーは言った。

「なにか好ましくない副作用があるようだ」

「致命的副作用があの貯水湖全体に広がっている恐れがある――しかもそれは、おそらくはダムを爆破する十分な動機になったし、アメリカの協力隊を殺すにいたった。同社のカイロでの計画はどうなっている？」

イェーガーは、エジプトのローカルニュースを再生して翻訳をした。「ナイル川でのタンカーの原油流出事件への出動のようです、イスマイリア運河の突端での。もう一つ、衝突事故。これにには大規模な火災が伴っている」

「ほかになにかコレラの発生との相関関係は？」

イェーガーは検索結果に目を通した。「カイロの北東部の郊外で、短期間ながら広範囲にわたって発生していたようです。死者二〇〇名が記録されていますが、実際の数は、報告されていない死者がいるので、ずっと多いと目されている。当局は水道水の不適切な扱いが原因と見ている。コレラはタンカー事故の数日後に発生」

「またも的中」ガンは言った。

「ちょっとこのカイロニューズの記事を読んでみてください」

記事の切り抜きが登場し、その横に訳文がそえられてあって、見出しは「ナイルでの夜半のフェリー衝突事故で、乗組員の回収された死体はゼロ」と報じていた。

「デトロイトとそっくりだ」イェーガーは言った。

ガンは記事を読みながら身を乗りだした。やがて彼は椅子に身体を沈めネクタイを緩めた。「ハイアラム」彼は話し掛けた。「コーヒーがあったほうがよくはないか」

33

サン・ジュリアン・パールマターが、お気に入りのペイズリー柄のローブを着て台所のテーブルに向かって座っていると電話が鳴った。開いた数冊の本と食べかけのデニッシュの皿越しに手を伸ばし、一九四〇年代の豪華客船から回収した真鍮(しんちゅう)製の電話に出た。

「パールマター」彼は巨体の奥から絞りだされた、しわがれたバリトンで答えた。

「ハイ、ジュリアン。サマーです」

「やあ、今日は、ミス・ピット」彼の声は一転陽気になった。「王家の谷の状況はどうかね?」

「耐えられないほど暑いし、ネイキッド・マルティーニのようにドライ。休んでいるところを起こしたのでなければよいのだけど」

パールマターはストーブの上に取りつけられた時代物の時計にちらっと目を走らせた。午前八時一五分だった。「とんでもない。五時から起きているよ、君の頼み事であっちこっち掻きまわしながら」

「するとと、私のｅ‐メール届いたの？」

「ちゃんと。君たち二人が描きあげた話は実にたいそうな代物だ。エジプトの王女と古代における疫病」

「ちょっと信じがたい感じがします」サマーは言った。「それで、あなたの学識豊かな目を通していただきたいのです。それに加えて、王女メリトアテンの海路経由でのエジプト脱出に関する研究書をお持ちでないかお尋ねしたいのですが」

パールマターはピット一家とは長年にわたる友人であり、たぶん世界でも最も有名な海洋歴史家だった。彼のワシントン郊外のジョージタウンにある住まいは、梁にいたるまで航海日誌、航海譚、さらに航海史の本でびっしり埋めつくされていた。巨漢の海洋史家は美食家としても知られているが、人類最初の丸木舟から最新のクルーズシップに至る海洋船舶に関する百科辞書的な知識の持ち主でもあった。

彼は電話口に向かって含み笑いをもらした。「私はエジプト学者ではないが、コロンビア出身の優秀なボブ・サムエルソンを知っている。われわれは君たちの発見について、有益な話し合いをした。彼は君たちが見つけたハビル族とメリトアテンとの結びつきがきわめて衝撃的であると認めた。とりわけ悪疫を描いているると思われるアマルナの壁画についてはね。

「君と一緒だったイギリスの考古学者が着目しているように」パールマターは言った。「アクエンアテン統治時代に悪疫が広まった証拠はあるし、王族の家族が命を落とした可能性がある。サムエルソン博士はある面白い事実に着目した。アクエンアテン以降、五十年近くどのファラオも男性の後継者を設けていない。少なくとも彼の系統では長きにわたって男性の世継ぎはいない」

「それは奇妙な話ね」サマーは言った。「どんな悪疫であるにしろ、メリトアテンはアピウム・オブ・ファラスという種の治療薬を持っていたようなので」

「われわれの解釈も同様さ。アマルナの墓の子どもはこの病のために死んだのだろうか？」

「墓の壁画はそれを示唆しているように思えるけど、ミイラが盗まれてしまったので、永遠に真偽は分からないでしょうね」

「そうとも。何者かが若き王女とハビル族との、あるいは、たぶん治癒薬との繋がりを、伏せておくためにかなり画策しているようだ」

「それが私たちの結論でもあるんです」サマーは知らせた。「私たちはハイアラム・イェーガーに、アピウム・オブ・ファラスが実在した可能性について調べてもらっています。あなたにはメリトアテンが脱出のために出港した場所について、なにか手掛かりを与えてもらいたいのですが」

「私はエジプトのある王女の航海にまつわる情報を確かに持っている」彼は答えた。「知っての通り、古代エジプト人たちは紛れもなく優秀な航海者であり造船者でもあった。帆の最初の使用はナイル川の葦船(あしぶね)である可能性が高いし、後に彼らは大きな艀(はしけ)を作り、建設現場へ石を運んでいった。新王時代には、アクエンアテンの統治時代だが、エジプトがギリシャ本土や遥かに遠いアフリカの角(ソマリア半島)と交易していたことが知られている。したがって、王女メリトアテンが帆船で遠くまで航海する手段を、あるいは船団を持っていたことに疑いの余地はない。しかも、彼女は明らかに航海していた」

「見つけたのですね、彼女の航海の証拠を?」

「しかも、もっといろんなことを。考古学者たちは言っている、エジプト国内では彼女の墓所は見つかっていないので、国外に目を向けるのは妥当だと。われわれは彼女がイベリア半島へ航海して、スペインのバルセロナの南のアンポスタに入植した可能性を示唆する状況証拠を見つけた」

「それは理屈に合う」サマーは言った。「地中海のすぐ向かいだけど、エジプトの力は及ばない。素晴らしい発見だわ、ジュリアン。スペインには、ダークや私が調べるべき遺跡があるでしょうか?」

「あそこで時間を無駄にしないほうがいい、王女はスペインに長く滞在しなかったから。実は、もう少しばかり北を探すとよいのでは」パールマターは言った。「われらがエジプトの王女はよく旅をしたらしい――それに彼女は君の想像も及ばぬほど、歴史にもっと甚大な影響を及ぼしている」

「それって、どんなことかしら？」

パールマターは含み笑いをもらした。「信じてもらえるかな、君、ほかならぬケルト帝国の創設なのだが？」

34

ローレンは首をふり窓を閉めた。「スピードを落として！　この車には同意したわ。だけど言っちゃいませんよ、こんなめちゃくちゃな運転していいなんて」

　ピットは肩をすくめた。「この車のせいさ。道を飲みこもうとするんだ」

　彼はワシントン発の空の便から下り、立ち寄ったエジンバラのレンタカー店で自分を押さえることができなかった。ヨーロッパ産のセダンやクーペのいくつもの列の真ん中にある、黒塗りのミニ・ジョン・クーパー・ワークスに彼の目がとまった。ピットは2・0リッター、四気筒、ツインパワー・ターボ、六秒ちょっとで時速ほぼ一〇〇キロに達するこの車に抵抗できなかった。彼はローレンが婦人室へ行っている間に車を整備した。

「この車しか残っていなかったんだ」彼は二人の荷物を狭い後部座席に押しこみながら言った。

「あら、いいじゃない」ローレンは笑いながら応じた。彼女はミニ・クーパーを宣伝するポスターをすでに目にしていたので、先刻夫の腹は決まっていたのだと見抜いていた。いったん市街を出ると、彼らはエジンバラから北へ向かい、ハイランド地方へ入っていった。ローレンは自分の席に収まり、ピットと車が一体となって走行するのを楽しく眺めた。彼はカーブをすり抜け、丘陵地帯を迂回した。彼女は一人で声をたてて笑った。彼女は夫の気質をよく心得ていた。

時おり彼らは車を停めて、広く開けた起伏に富む風景を鑑賞した。徐々に、うねる低地に点在する深い藍色の湖が、彼らが北へ移行するにつれて、いっそう色濃くなり一段と神秘的になった。

道はやがて下りながら緑豊かなモザイク模様の農園を走り抜け、インバネスの市街に入っていった。ネス川とマレー湾の合流点に位置する活気に満ちた港町で、ハイランド地方の首都として知られている。ピットは町中を通りすぎ、ネス川を渡り、西側の道を進むうちに、その道はあの有名な湖に呑みこまれてしまった。

ローレンはまじまじとネス湖を見わたした。湖は地平線まで広がっていた。「思っていたよりずっと大きいわ」

「ネッシーが隠れるのに十分な広さがある」

「美しいわ、怪物がいようといまいと」

彼らは湖畔の北側を一〇キロほど進み、ドラムナドロキット村とアーカート城の遺跡の横を通りすぎた。その一三世紀の城塞は、湖を眼下に収める岬に建っていて、一九三〇年代に有名になった。ある物体が近くの水中で撮影され、それがネス湖の怪獣と喧伝されたせいだった。

ピットはバスに一杯の観光客の脇を通り抜けて走り続け、散在する小さな村をいくつか通過した。湖畔の半ば近くで、ピットは軽くブレーキを踏んだ。頑丈な鉄の門が石柱と一本の横材に支えられていた。礎石にはマキーという名前と、飛んでいるタカの姿が刻まれていた。

「ここだと思うが」ピットは言った。

「奥ゆかしい佇まいよね」ローレンは車寄せ越しに印象的な石造りの館を見つめた。

制服姿の女性警備員が二人の名前をｉＰａｄで確認し、正門を通って側面にある駐車区画へ向かうように指示した。ピットはメルセデス・マイバッハのセダンの隣に車を停めた。そのセダンからは、洒落た身形の数人の女性が下りつつあった。

ローレンはピットを見つめ、身体をすくめた。「これほど威厳に満ちた場所には、まずお目に掛かれないでしょうね？」

ピットは身を乗りだしてローレンにキスした。「それに楽しいかとなると、そうはいかないだろうな」

彼は二人のバッグを下ろし、ローレンと館の柱廊玄関へ向かった。正面は新旧の石まじりで、誰かがアーカート城のような城を手に入れて現代風のマンションに建て変えたような感じをあたえた。

造りは古典的な中世の城に似ていたが、規模はずっと小さかった。銃眼つきの高い胸壁が湖の水際まで伸び、角ごとに丸い砲塔が配されていた。露天の中庭は中央にあって、回りの廊下沿いに部屋が設けられていた。

ローレンとピットはバッグをポーターにわたして踏み段を上った。彼らは二番目の警備員を経過し、彫刻を施された聳(そび)え立つ一対の木製のドアを経て、暖かく照らされた開けた円形広間に入っていった。そこはシャンパンやオードブルを試している、活気に満ちた女性たちで埋めつくされていた。話し声の大きなざわめきが大理石の床に木霊(こだま)していた。二人はほんの数歩踏みだしたとたんに、オードリー・マキーに出迎えられた。

彼女はローレンに自己紹介をし握手をすると、ピットのほうを向いた。「またお目にかかれてなによりです。あなたの名前を招待者リストに見たときは嬉(うれ)しい驚きでした」

はじめのうち、ピットはオードリーがデトロイトで会った女性だとは気づかなかった。作業用の繋ぎの代わりに、いまの彼女は赤紫色のスーツに絹のブラウスを着ていた。赤褐色の髪は長く垂らし、うっすらと化粧をしていて、彼女の探るような眼差(まなざ)しを引きたてていた。

「私のほうこそ喜んでおります」ピットは言った。「私もここであなたにお目に掛かれるとは思っておりませんでした」

「この集（つど）いは会社と私の家族の両方にとって、とても重要な機会なのです。あなたがたお二人にお出でいただき、とても名誉なことです」彼女は広間をざっと見回した。「世界中の実業家や政界の重鎮たちにいらしていただいているので、お二人にはぜひお目に掛かっていただきたいと思っております」

ローレンはすでにヨーロッパのある首相、ファッション会社の有力者、それに大手メディアのＣＥＯの姿に眼をとめていた。「なにやら」彼女は言った。「たいそう国際的な集まりのようですね」

「まさにそうなんです。私たちは世界中の指導的な女性をお招きしていますし、いつも立派な方に出席していただいております」彼女は渋い表情をあえて浮かべてピットを見つめた。「あいにくこの午後の一連の催しは、ご婦人向きになっています。よろしければ、あなたのために、よろこんでゴルフを設定させていただきますが。素晴らしいゴルフコースがインバネスにあります。あるいは、湖はつねに挑戦してみるに値しますわ、釣りの腕前を試してみたいなら」

「実のところ」ピットは言った。「私はお宅の傘下の会社、インバネス研究所の科学者の方と、午後遅くに会う約束がありまして。たぶんご存じでしょう、マイルズ・パーキンズ博士ですが?」

オードリーは小さくうなずいた。「パーキンズ博士は私たちの環境関連製品分野で重要な開発研究をおこなっています。なぜ、彼にお会いになるのかしら?」

「メリーランド大学のある共通の友人が、彼の専門知識を推薦してくれたのです。私はエルサルバドルのある湖の水の分析をしていただこうと思っているんです」

「なるほど。彼ならきっとあなたのお役に立てるでしょう。ところで、誰かにあなたのお部屋に案内させますよ。きっと、旅でお疲れでしょうから。ローレン、私たちは一時間ほど後に、大食堂で会いましょう。よければその前にさっぱりなさるといいわ」

かすかにうなずき、制服姿のドアマンが現れた。

「それは嬉しいわ」ローレンは応じた。「招いてくれて、それに、ここに泊めていただきありがとう。お城なんて思ってもいなかったわ」

「城といっても、本来の規模のほんの一部にすぎませんの」オードリーは言った。「最初、ジャコバイト派によって一六〇〇年代に建てられ、その後廃墟と化しました。私の父親がそれを個人的な所有者から買い取り、自分独自の設計で再建したのです。かなり小さいです、スコットランドの城としては。ですが、地方的な魅力をたっぷり備えています。ご滞在を楽しんでいただければなによりです」

ドアマンはピットとローレンを側面の廊下を経て、その外れの二人の部屋へ案内した。オードリーは二人を見送り、招待客の何人かと顔合わせをした。やがて円形広間を横切って派手やかな階段へ向かい、いちばん上の踊り場にのぼった。キーカードを出し、脇にあるドアの中へ入っていった。

中は細長い部屋で、マジックミラーが円形広間を見下ろしていた。エバンナ・マキーが刺繍(ししゅう)入りの椅子に座っていて、タイプされた演説原稿を検討していた。背の高い黒人の女性で、いつもそばにいる忠実なレイチェルが奥の隅に座っていた。

「招待客たちが、あなたに会いたがっていたわよ」オードリーは知らせた。

マキーは顔をあげなかった。オードリーは母親に重苦しい雰囲気を感じた。

「みんなもっと注目するでしょう、私が大食堂に劇的に登場するほうが」マキーは低い声で言った。「演出効果のほうはぜんぶ用意できているの?」

「万事、準備完了です。照明、音楽、アロマセラピー(芳香療法)――それに、もちろん飲み物も。この世界でもっとも好意的な聴衆に迎えられるはず。国連の環境計画の理事長があなたを紹介しますし、彼女はその任にふさわしく気力充実しているわ」

「それはよかった。これまでで最高に素晴らしい人たちですもの」

「問題が一つあるのだけど」オードリーは咳払い(せきばら)いをした。マキーは探るような眼差しで顔をあげた。

「NUMAの長官のダーク・ピットが妻に同行しているの」

「それは見て分かっています」マキーはそのほっそりした指を一本あげて、マジックミラーのほうを示した。

「彼はパーキンズ博士と今日の午後に会う約束があることを認めたわ。エルサルバドルの水のサンプルを持ってきていて、それをテストしてもらうそうよ」

マキーはほとんど身じろぎしなかった。彼女の面立ちは氷山から切りだされでもしたように平然としていた。「約束の件は知っていました。私たちの優秀なパーキンズ博士は、彼に会う準備ができています。しかし私は、水のサンプルに関しては知らなかったわ」

「私たちの配下は、水のサンプルはすべてワシントンで回収したと言っているけど」

「では、まだ残っているサンプルがあるかどうかを確かめるよい機会になるでしょう。ピットが知っていることを調べあげなさい。かりに多すぎるなら、あなたは彼を排除する準備をしなくてはなりませんよ」

彼女は心得顔で母に微笑みかけた。「その任務の準備なら十分整っています」

「それは結構。あなたはお客様のお相手をしに行くといい。私はすぐ下りて行きます」

オードリーは母親の頰（ほお）にキスをすると部屋を後にし、レイチェルも後からついて行った。マキーは一人座りこんで、マジックミラーを見つめていた。彼女の焦点は下の招待客たちではなく、反射している自分自身の姿に向けられていた。ガラスの中の顔は彼女を、よく見覚えのある無気力な表情で見つめ返していた。自己嫌悪の感情の波が襲いかかり、うつ病の鉤爪さながらに彼女の心を締めあげた。

彼女と悪霊との葛藤は止むことがなく、人生のほとんどを彼女は闘ってきた。それは幼い時にはじまった。父親が五歳のエバンナと彼女の母親を一言の言葉もなく捨てたのだ。ある日、父はいたのに、つぎの日には、父は行ってしまった。噂だと、彼はダンディー（スコットランド東部の港湾都市）へ移り住み新しい家庭をはじめたということだった。幼いエバンナは、別離がもたらした罪悪感とそれが母親にあたえた悲しみを背負いこんで責任を感じた。その罪悪感は、母親が感情面や経済的な重圧に耐えられなくなって自らの命を絶った時、ついに爆発した。

エバンナの世界は統制を失った。もうろくした伯母と虐待する伯父に育てられ、彼女の罪悪感は怒りに転じた。父親、伯父、さらにはほとんど総ての男に対する怒りに。絶望の憂愁、それに加えて自虐的な思いが、彼女に影のようにつきまとった。

彼女はその病から一時的に逃げだせた。サドラーという名前の若い兵士と結婚したのだ。一人の娘に恵まれ、彼女の世界に新しい喜びがもたらされたが、やがて彼女の夫は任務につくために中東へ攫われて行ってしまった。愁いと気鬱がぶり返し、自殺未遂にまで及んだ。事情はフレイジャー・マキーが彼女の人生に登場して一変した。彼の明るさ、熱意、それに楽しいことが好きな性格が彼女を一変させ、幸せな人生を約束してくれた。それもまた、苦い結末を迎えた。

マキーは両手を顔に当て、自分の影を見つめた。何度もしてきたように、彼女は怒りをこめ、強いてさまざまな疑念や憂愁を振りきった。両手を甲が白くなるまで握りしめると、一つ深く息を吸った。椅子から立ちあがると身体をまっすぐ伸ばし、復讐の念を胸に颯爽とした足取りで部屋を出ていった。

35

スーザン・モンゴメリー博士は、一枚のスライドを電子顕微鏡に挿しこみ電気をいれた。いったん装置が真空状態を作りだし、電子ビームが挿入された標本を走査すると、暗いぼんやりとした物体が付属デスクトップ・モニターに現れた。彼女が拡大率を調整していくうちに、長方形の三つの物がスクリーンに映しだされた。いずれも黒っぽい色をしていて縁は線毛状で、一握りのリコリス・ゼリービーンズに似ていた。

CDC調査資料部の疫学者はその映像を、コンピューターに保管されている手持ちのビブリオ・コレラエ（コレラ菌）と比較した。少なくとも見た目には、ガラススライド上のバクテリアのサンプルは、コレラを誘発するバクテリアにそっくりだった。しかし、ほかの一連の生化学テストは、両者がまったく同じ物ではないことを伝えていた。

モンゴメリーはあらゆる型のコレラ・バクテリアが有毒というわけではないことを心得ていた。しかしながら、セロン・グランデの水のサンプル中のバクテリアは、毒素生成の証拠を明らかに示していた。しかも、致命的なコレラの発症にごく一般に見られる典型的な小集団ないしは小群、ビブリオ・コレラエ０１型の大半の生化学的なテスト結果と符合していた。しかしながら、一連のテストのいくつかの結果とは矛盾しているために、自分が抱えこんでいるのはなにか別の物だと彼女は見なすようになっていた。

コレラが一種の病として、千年とは言わないまでも数世紀にわたって人類にとって災厄だったことを彼女はよく心得ていた。一八一七年以降、少なくとも七度も世界的な感染症がコレラが原因とされており、その過程で数百万人が命を落としている。コレラはいまなお開発途上国ではざらにある疫病だし、通常、給水施設や糞便に汚染された食物によって蔓延する。子どもたちが最大の被害者で、急速に脱水症状に陥る。コレラが現代でも危険なことが、二〇一〇年の地震後のハイチで示された。ネパールから援助に来た作業員たちが、ついうっかりアルティボニット川を汚染してしまったのだ。その川はハイチ最大の水路で、飲料水の主な水源の一つであった。コレラの発生により、数年のうちに荒廃した国で一万人以上の死者が出た。

モンゴメリーがモニター上に拡大された映像に改めて見入っていると、研究室のドアが勢いよく開けられ、ぼさぼさ髪で緑色の実験着姿の男が入ってきた。バインダーを脇に抱えて、渋い顔をしていた。モンゴメリーは、ＣＤＣの研究室長が冗談を頻発するタイプであることを知っていたので、すぐさま彼の態度の違いに気づいた。

「あら、バイロン」彼女は声を掛けた。「それはDNA相同性に関する私のレポートかしら？」

「そう。そのまま座って読むのがいいのでは」

彼は椅子を一つ引き寄せ、バインダーを彼女にわたした。

「気がかりな結果なの？」

「その通り。予備的分析結果は、まさしく君の疑念を裏づけている。あのエルサルバドルのバクテリアのサンプルは、まぎれもなくビブリオ・コレラエO1と異なる遺伝子構成を持っている。DNA分析は、さらに一七の遺伝子クラスターがゲノム構造の中に集まっていることを示している。現時点では、その確かな有意性については不明」

「一七も？」モンゴメリーは口走った。「それは大変な違いだわ。突発的突然変異のようね。それがエルサルバドルの貯水湖で増殖した」

バイロンは彼女をまじまじと見つめ、やがて首をふった。「そうではないようだ。コンピューターはまったく同じか類似のバクテリアを、君が分析のために送ってよこしたほかの三種類の水のサンプルのうち二つから見つけた。そればかりか、われわれは研究所のデータベースの中に、基準対照試料をさらに五つ探しあてた」

モンゴメリーは椅子から飛びだしそうになった。「なんですって？」

「君はカイロ、ムンバイ、それにハイチの病原体を含んでいる疑いのある水のサンプルをわれわれによこした。カイロとムンバイは共に、ウイルスに関しては、エルサルバドルの試料と同じ結果だった。さらに、われわれは現にテスト中のカラチ、リオ、パリ、上海、それにシドニーの水のサンプルから類似の病原菌の痕跡を見つけた。ハイチのサンプルの結果だけは異なっていた。あれは典型的なビブリオ・コレラエ０１型を含んでいた」

「残りはぜんぶ同じなんですか？」モンゴメリーは訊いた。「確かなんでしょうね？」

「ああ。ようするに、ほかのサンプルはどれもエルサルバドルのと同じ構造を持っている。パリ、リオ、それにシドニーは別だが。それらのサンプルはそれぞれに別種の遺伝子クラスターを持っている。サンプルの水には、われわれがこれまでお目に掛かったことのない、まったく新しい二つの血清型（ウイルスの分類法）があるらしい」

「一つではなく、二つなの？　そんなことありえないわ」モンゴメリーは首をふった。「新しい病原菌が広がるのには時間がかかる。同時に地球の反対側に現れるなんて聞いたことがないわ、例え今日（こんにち）であろうと」

「まったくだ。しかし、カイロ、ハイチ、それに上海の水のサンプルは数週間前のものだ」

　モンゴメリーはバインダーをめくっていって、分析結果を検討した。「私はパリやシドニーでのコレラの発生については知らなかったわ――リオについても」

バイロンは首をふった。「おそらく、付加された遺伝子構造が毒性を減らしたのだろう」

「助かるわ、もしもそうなら。だけど、どうしてそれがパリやシドニーの公共の水道施設に現れたのかしら？　そうした水のサンプルは浄水なのでしょう、そうじゃないの？」

「ああ、いずれのサンプルも公共水道施設からの物さ。それで、私も君の疑問にまったく同感だ」

モンゴメリーは今まさに耳にした話を信じかねた。コレラ・バクテリアの突然変異型が全地球的に拡散しているのに、高い死亡率は認められていない。少なくとも、今のところは。なぜ同じ病原体が、このように急激に拡散したのだろう？　彼女はバイロンを見つめ、その表情からもっと悪い知らせがあることを見てとった。

「ほかになにか？」

バイロンはうなずいた。「どのサンプルも、ハイチからのをのぞき、一過性の過剰変異状態にあるバクテリアがかなりの量を占めている」

モンゴメリーは縮みあがった。あらゆるバクテリアは突然変異によって、潜在的により危険な型になりうる。通常、突然変異の兆候がバクテリアのコロニーで生じる確率はきわめて低い。しかしながら、過剰変異状態にあるバクテリアでは、突然変異を起こす可能性は通常の千倍以上も高い。

モンゴメリーは腹部に一撃を喰わされたような感じに見舞われた。彼女はコンピューター・モニターに写しだされている、綿毛状のゼリービーンズを見つめた。

「これがなにを意味するか、ご存じなのでしょうね？」彼女は低い声で訊いた。

バイロンが答えないと、モンゴメリーは自分自身の問いに自ら答えた。

「私たちはまったく未知の最悪の殺し屋と直面しているということです。しかも、私たちはそれを阻止する手がかりをまったく持っていない」

36

「なんて美しい湖なんでしょう」

ローレンが分厚いカーテンを開けると、ネス湖の南西部が遠くまで見わたせた。ある一グループが湖畔沿いにカヤックを漕いでいたが、それ以外に穏やかな湖面にボートの姿はなかった。

ピットは二人の荷物をポータースタンドに置いた。「ここは実に立派な部屋だ。きっと君は、招待客リストで重く見られているに違いない」

大きくはなかったが、彼らの部屋はエドワード王朝風の年代物の家具で見事に飾られていた。羽目板には狩猟の場景を描いた数点の油彩と、面取りをした大きな鏡二面がかかっていた。見晴らし窓と居間の向かいには、四柱式ベッドが収まっていた。

「そんなことおよそ考えられないわ」ローレンは部屋を横切ってスーツケースを開けた。「ロビーは有力者だらけよ。スペインの首相までいる。エバンナ・マキーはたいそうな人脈を持っているに違いない」

「しっかり突きとめることだ、彼女の売り物を」

ローレンはその意見を無視して、皺だらけのドレスを一着取りだした。「税関は私たちの荷物を本当に徹底的に調べあげてくれたわ」

ピットは自分のバッグを開けて、同様の惨状を目の当たりにした。

「あなたはどれくらい出かけてくるの？」ローレンは髪にブラッシングをし、メイクアップを仕直すためにバスルームへ向かいながら訊いた。

「相手とは町中で会うことになっているし、長くかからないはずだ。マキーたちはどうやら、しばらく私に戻ってきてほしくないようだ。地元のパブで時間つぶしをすることになるかも」

ローレンは部屋へ戻ってくると、夫を抱きしめた。「あまり留守にしないでね。それに、かりに彼女たちに正面のドアを閉められてしまったら、私が窓からベッドシーツを垂らしてあげるわ」

ピットが彼女をエスコートして円形広間へ戻ると、招待客たちが大食堂へ移動中で広間は閑散としつつあった。ピットはローレンに別れのキスをして館を出た。ミニ・クーパーに飛び乗ると、来た道を逆にとってインバネスへ向かった。

市内に入る直前に、川のほとりにある駐車場に目をとめ、そこに車を乗り入れた。川岸でポケットからガラス製のビンを取りだすと、ネス川の水をいっぱいに詰めた。

一〇分後に、彼は町の反対側にあるこれと言った特徴のない建物の駐車区画に入っていった。建物には黒っぽい窓がいくつも通りに面してあって、柵に囲まれた倉庫が裏手にあった。その場所の唯一の手掛かりはドアの脇の看板で、「インバネス研究所・バイオレム・グローバル株式会社」と記されていた。

中に入ると待合室は空っぽで、中年の受付係が囲いのある机に座っていた。

「なにか御用でしょうか？」彼女はぶっきら棒な調子で言った。黒い前髪が黒っぽい目に垂れさがっていて、その眼差しはふだん葬儀屋に出会った時にしか見せないような素っ気ないものだった。

ピットは自己紹介をし、パーキンズと面談の約束になっていると告げた。

「パーキンズ博士はお待ちです」彼女は言った。「サインしていただけますか、その間に私は博士に電話しますので」彼女はピットに来社署名シートとクリップ留め訪問者用バッジをわたすと、電話を手にとった。「彼はすぐ来ます」彼女は知らせた。

がっしりとした体格で、頭の禿げあがった四十がらみの男が廊下から現れた。白いシャツにネクタイ姿で、替え上着が身体に合っていなかった。ピットが予期していたより若く、その足取りはラグビーの選手のように力強かった。

「ピットさん？」彼は片方の手を差しのべた。その手は花崗岩のように硬かった。

「お目に掛かれてなによりです」ピットは同じようにしっかり握手した。「急な話なのに。お会いくださりありがとうございます」

「毎日あるわけじゃありませんから、アメリカからのお客様が。私の部屋へ行きましょう」

彼はピットをホールの先の最初の扉の開いた部屋へ案内した。飾り気のない部屋で、質素な木の机に来客用の椅子が二つあった。机の背後の本棚には科学雑誌数冊と論文が収まっていたが、机には一台の電話と家族の写真が載っているだけだった。

「どうぞお座りください」パーキンズは机の奥に幅広い身体を収めた。「スコットランドに着いたばかりなんですか？」

「今朝です。妻がマキー館での会議に出席中でして」

「ああ、女性統治連盟」と彼は名指した。「ところで、なにかお役に立てることがあれば？」

ピットは上着のポケットに手を伸ばし、小さなビンを取りだし机に置いた。パーキンズはそれをじっと見つめてから、手を伸ばしてビンを摑んだ。

「それはエルサルバドルで採取した水のサンプルです」ピットは説明した。「エル・セロン貯水湖です、正確には」

ピットは相手の反応を注視した。パーキンズはなんの反応も見せなかった。

「なぜエルサルバドルなんです？」彼は訊いた。

「それはメリーランド大学のスチーブン・ナカムラ博士に、分析してもらうためにわたされた水のサンプル四本のうちの一本です。残念ながら残る三本は、ナカムラ博士の死とともに失われてしまいました」

「彼の研究室の火事の話は聞いています」パーキンズは言った。「悲劇的な損失です」

「彼をよくご存じなのですか？」

「あるセミナーで数年前に会ったことがある。仕事上のつき合いです。彼がこのサンプルをあなたにわたしたのですか？」

「出所（でどころ）は、博士が持っていたほかのサンプルと同じです。彼は分析用に、あなたに一本送るつもりでいたようですが」

「ええ、彼はその件でe-メールをくれました。サンプルを持ってきてくれて感謝します」パーキンズの声の緊張感は、感謝よりむしろ煩（わずら）わしさを伝えていた。「このサンプルの重要性について、話してもらえますか？」

「アメリカのある農業協力隊は、その水と貯水湖沿いの村での謎（なぞ）の死亡との間に関連があると信じています」

「なるほど。では、いちど当たってみるとしましょう」

「あなたなら、この質問に答えられると思うのですが」ピットは言った。「なぜナカムラ博士は水のサンプルを、ここスコットランドに送ろうとしたのでしょう？」

「われわれの会社は生物学的環境修復の分野で最先端をいっています」パーキンズは答えた。「われわれは生物学的不純物を分析し確認するための、ほかの組織にはないさまざまな手段を備えている。それに、ナカムラ博士はわが社のいまは亡き創設者フレイジャー・マキーの友人でして」

パーキンズがビンを光にあてて振っている間に、ピットは机の上の家族の写真に目を走らせた。パーキンズが妻と少年二人と一緒にサッカー場にいるところが写っていた。くたびれた数台の車が、競技場の隣に停まっていた。ピットはパーキンズが写真と同じ服装をしていることに気づいた。

「ナカムラ博士はほのめかしていましたか」ピットは訊いた。「その水のサンプルに含まれているのがどういう物か？」

「いいえ。しかし、われわれの分析結果を喜んでお教えしますよ。ほんの一日か二日で終わるはずだから」

示し合わせてでもいたように、机の電話が鳴った。パーキンズは短く耳を傾け、電話を切った。「申し訳ありません、ピットさん、研究室で用事ができました。お目に掛かれて、とてもよかった」彼は机の奥から立ちあがった。

「お時間を割いていただいてありがとうございました」ピットは立ちながら写真を指さした。「素敵なお家族ですね。息子さんたちの名前はなんというのです？」

パーキンズは写真をちらっと見た。彼の声に籠った躊躇いはほんのわずかだったがまぎれもなかった。「フィンとリアム」

それ以上の説明抜きで、彼はピットをロビーまで送った。「スコットランド滞在を楽しくお過ごしください」彼は言った。ピットと握手すると廊下の先に姿を消した。

ピットは数ブロック走って市街に入ると、そこで車の向きを変えた。輪を描いて脇道沿いに会社の建物目指して引きかえし、一ブロック手前で駐車した。

ミニ・クーパーは通りから隠れていたが、ピットはバイオレム社の正面をはっきり見ることができた。社屋を片目で見つめながら、ピットは電話を取りだし、NUMA本部のハイアラム・イェーガーを呼び出した。

「私好みのスコッチウイスキーの注文を取るために、電話をくれたんですか?」イェーガーは訊いた。

「君は断然ワイン好きだと思っていたが」とピットは応じた。

「時には、グレープジュースより少し強いのが欲しくなるもんで。なにか御用ですか?」

「スコットランドはインバネスのマイルズ・S・パーキンズなる人物の、簡略にして穢れた自伝なんてどうだろう」

イェーガーの指はキーボードの上を舞った。ピットはものの数秒で答えを得た。

「マイルズ・S・パーキンズ博士。アバディーン大学生物学博士」

「どうやら、われわれが探している人物のようだ」

「生まれはスコットランドのカーコディ市で、五五歳。専攻は化学と微生物学。エジンバラ大学で長年にわたって教鞭をとる。フレイジャー・マキー博士の弟子。彼の会社、バイオレム・グローバル株式会社に二〇一〇年代に首席科学者として入社。微生物学や産業に有益なバクテリアの利用法に関する論文を数多く発表。マーガレット・アン・パーキンズと結婚して二七年。子どもはなし」

「子どもはなし?」ピットは口走った。

「見当たりませんね」

「彼の写真はないだろうか?」

「大学にいた当時の写真が何枚か。やせ型で眼鏡を掛けていて、波打つ黒みを帯びた髪。いちばん写りのいいのを何枚かe・メールで送ります。彼に会ったのですか?」

「と称する人物に」ピットは答えた。「ありがとう、ハイアラム。例のウイスキーを送るよ」

「ボアモアを、よければ。感謝します、ボス」

ピットの疑いは裏づけられた。あの男はパーキンズではなかった。よく似た偽者でもなかった。あえて推測するなら、あの替え玉は無理強いされた警備員だ。彼の口調や物腰は立派な科学者らしくなかった。例の家族の写真は用意されたばかりで、偽のパーキンズ博士とほかの家族を組み合わせて修正した代物のようだった。そのうえ、あの部屋は殺風景だったし、建物はなかば空き家だった。浮きあがってくる疑問は、なぜそんなことを？

その答えが出ることをピットは期待した。灰色の一台のフォルクスワーゲンが建物の背後から現れたのだ。その車が向きを変えて市外へ通じる正面の通りに乗る時に、ピットは運転している男の頭が禿げあがっていることを目撃した。ピットはミニを発進させ、一定の距離を保ちながら後をつけ、バイオレム社の建物の横を通りすぎた。

建物の中では、受付係が窓際に立っていて、ピットが走り去るのを見つめていた。彼女は急いで机に向かいある番号にダイヤルしたが、ボイスメールに繋がってしまい悪態をついた。二番目の番号にダイヤルすると、最初の呼び出しで応答があった。

「面談に問題でも？」

「いいえ、うまくいきました」受付係は答えた。「彼はエルサルバドルの水のサンプルを持っていると言っていましたし、それをわれわれは手に入れました。ビデオをあなたにすぐ送ります。問題なのはリチャーズです。彼はつい先ほど、サンプルを持って研究所へ向かいました。ピットが彼の後をつけているようです」

「リチャーズに電話してみたの？」

「ええ、だけど電話に出ないのです」

「分かった。もっと慎重に振る舞うべきなのに」間が生じた。「大型トラックを一台。フォイアズ村から研究所に出る道に配置しなさい。帰り道の彼を出迎えるの。それに、事故のように見せかけるのよ」

受付係には話し合う間がなかった。カチッという音とともに、電話は切れてしまった。

37

フォルクスワーゲンはインバネス市から南へ走り、ネス川沿いにドレスロードを進んで同じ名前の村へ向かった。車はその村を抜けると向きを変えて、ネス湖の東南の湖岸沿いの細い道に乗り入れた。

ピットは視界ぎりぎりの後方に食らいついていた。彼はフォルクスワーゲンを二〇キロ近く見え隠れしながら尾行し、やがてフォイアズに着いた。その村は近くにあるいくつもの滝で有名だった。舗装道路は南へ折れて村を抜け湖から逸れていた。フォルクスワーゲンは角の向こうに姿を消したので、ピットは速度をあげてカーブを曲がったが、車は姿を消してしまっていた。ピットは右手の薄い土埃に気づき強くブレーキをかけ、とっさにミニ・クーパーの向きを変え、蛇行しながら木立の中へ伸びているワンレーンの砂利道に乗せた。フォルクスワーゲンは一瞬姿を見せたが、つぎの瞬間、窪みに呑みこまれてしまった。

ピットは完全に視界外に留まりながら、ビクトリア風の古い一対の家の横を速度を落とし通り、フォイアズ川に懸かっている狭い木製の橋を渡った。道は湖のそばの木々に覆われた尾根をジグザグに縫っていた。道は湖岸に並走しており、湖の青い波が木の間越しにピットの右手で煌めいていた。彼はフォルクスワーゲンが逸れる場所はないと見切って走り続けた。

二キロ近く走った時点で、ピットは片側に一個の標識に気づいた。その狭い道に入ってから標識を見かけるのは初めてだった。彼はアクセルを踏みこんだ。近づいて行くにつれ標識でないことが分かった。それは柱に載ったカメラだった。速度をあげてその横を通りすぎると、道は曲がって短い丘を下り、開け放たれた鋼鉄製の門で行き止まりになっていた。すばやく見わたすと、その門から背の高い金属製の塀が左側の山の手の森へ伸び、やがて右側の湖へと下っていた。

ピットはブレーキを踏みこみ、横滑りしながら丘の頂で停まった。頑丈な鋼鉄の門は滑らかに閉じ、灰色のフォルクスワーゲンは駐車区画に入っていき、すぐその先の密生した生垣に一部覆い隠された。パーキンズに化けていた男が車から下り、舗装された通路の先に姿を消した。

ピットはミニ・クーパーを後退させて丘を越え、道端のカメラの背後にある狭い開けた場所に回りこんだ。正門の上にはもっと数多くカメラが載っていた。誰かが監視しているなら、たちまち何者かが調べに送りだされてくるはずだ。

ピットは出迎えを待っていなかった。彼は車を飛び降り、猛然と左手の木立に駆けこみ、向きを変え折れ曲がって敷地を目指した。彼は塀に近づいた。高さ三メートルの鋼鉄製で、その上には鉄条網が張りめぐらされていた。そのすぐ奥には、二、三メートルおきに短い柱に電子センサーが載っていた。極度の警備だ、環境研究所にしては、とピットは思った。

姿を隠したままじりじりと塀に近づくうちに、彼は敷地内をはっきり捉えることができた。そこは屋根が低く、部分的に地中に埋まった地下壕のような建物が支配していた。色はくすんでいて機能的な感じで、コンクリート造りで窓らしい窓は見当たらなかった。湖畔沿いにあって密生した茂みに覆われているので、建物全体は周囲に溶けこんでいた。

ピットはしゃがみこんで木立に引きかえし、来た道を逆にたどって湖岸から敷地へ近づこうとした。高い塀は水際まで伸びていて、内側の大きな岩の群れの陰に固定されていた。岩を通りすぎた湖岸のすぐ先に、一隻の船が繋留していた。

それは小型のタンク艀で、ピットがミシシッピ川やメキシコ湾で見かけたものに似ていた。化学薬品や燃料の輸送用の船で、通常、内陸水路で使用される。濃い灰色に塗られたその艀は、その側面を衝撃除けのタイヤに縁取られていて、まるで黒いドーナツが数珠つなぎになっているようだった。甲板員の姿はまったくなく、船は岸からすぐ近くに停泊していた。

ピットの集中力は大きな犬の敵意に満ちた吠え声に妨げられた。一筋の褐色の疾風が埠頭から飛びだしてきたので、彼は塀から離れた。警備犬種のロットワイラーが塀に着いた時には、ピットはすでに木立の中に姿を消し、自分の車に向かいつつあった。初日にしては、彼は十分に観察し終えていた。

引きかえしてミニ・クーパーに収まると、速度をあげて足早に遠ざかった。せいぜい四〇〇メートルほど走った時に、一台の車が反対方向からゆっくり近づいてきた。それは大型の商用トラックで、運転台は高く幅が広くて、バンパーはせり上がっており、狭い道を塞いでいた。ピットはスピードを落とし、路肩に車輪を静かに乗せて左側に寄せた。ぎりぎりだったが、トラックが通る隙間は十分あった。

だがトラックに、すり抜ける気はなかった。

速度を落とし反対側に寄るどころか、トラックの運転手はシフトアップして速度をあげた。トラックの先端は通りの片側にじわりと向きを変えた――通りのピットの側へ。

行き場がないので、ピットはミニ・クーパーのギヤをバックに叩きこみ、アクセルを強く踏んだ。小型車は砂利と土埃に包まれて後ろへ飛びのいた。

トラックがフロントガラス越しに迫ってきたので、ピットはハンドルを切って車を道の中央に向けようとした。

避けようがなかった。トラックはあまりにも近すぎたし、ピットの加速は一瞬遅すぎた。トラックのグリルとバンパーはピットの視界を飲みこみ、ミニ・クーパーに突進してきた。押しつぶしてしまうほどの衝撃ではなかった。運よく、正面からぶつかったので、ミニ・クーパーは真っすぐ後ろに押された。ピットはハンドルを持ちこたえ、アクセルを床に踏みこみ続けていた。

ピットは衝撃を払いのけ、タイヤが牽引力を取りもどしたので、ミニ・クーパーの推力を制御した。路頂を保持しながら、ミニは加速後退を続けた。

トラックのグリルは依然としてピットのフロントガラスを埋めつくしていたし、また接近してきた。こんどは、ほんのちょっと小突いただけだった。ミニ・クーパーはついに一段とスピードをあげ、トラックから離れはじめた。小型車が間を取りはじめたので、ピットがトラックの運転席を見あげると、ハンドルの背後に見覚えのある顔があった。

それは黒っぽい髪をしたバイオレム・ビルの受付係で、彼女はピットを打ち倒そうとしていた。三度目だった。

高速で後退しながら、ピットはミニ・クーパーを路上に維持した。失敗する余地はなかった——あるいは脱出の。密生した樹木の回廊が、玄関までずっと続いていた。

ミニ・クーパーのエンジンが悲鳴をあげた。タコメーターは赤い線に近づいていた。これ以上速度をあげることは不可能だった。追ってくるトラックはたちまち接近してきた。

バックミラーで、ピットは急速にカメラ・ポールが近づいてくるのを目撃した。その背後は狭い開けた場所で、先刻そこで車の向きを変えたのだった。前方では、トラックがわずかな間隔を狭めつつあったし、運転手は思いつめた顔をしていた。たとえ正門までにピットを捉えられないとしても、道の行き止まりでトラックをぶつけて押しつぶす気なのだ。

ピットは改めてバックミラーを覗（のぞ）いた。彼にはただ一度のチャンスしかなかった。彼はカメラ・ポールからせいぜい三〇メートルまで速度を保ったうえで、ブレーキを思いきり踏みこんだ。ミニ・クーパーはアンチロック・ブレーキを掛けられて車体を震わせ横滑りをしたが、本来の車線を保ちながら急速に速度を落とした。ピットは片方の目で猛然と間合いを狭めてくるトラックを、もう一方の目でカメラ・ポールを見張っていた。カメラ・ポールのほうが先に迫ってきた。

ポールが側面の窓の外に現れたので、ピットはブレーキを放し、ハンドルを左に切った。車の後端が同じ方向に振られた。ピットは瞬時にブレーキをまた掛けた。ミニ・クーパーは滑りながら後退し道から逸れた。

トラックが一瞬遅れて現れた。スピードを出し過ぎていたので、ピットのほうへ向かうしかなかった。

ピットは道からはみだした。トラックはミニ・クーパーの先端を擦りながら通りすぎてバンパーを引き裂き、ミニ・クーパーはスピンを起こし完全に輪を描いた。その衝突がピットの命を救った。後退して木立の中へ叩きこまれずに、ミニ・クーパーはスピンしたせいで惰性を失い、弾んでトラックの側面にぶつかり、滑っていって路肩沿いに停まった。

受付係がトラックを急停止させようとしている間に、ピットは状況を判断した。彼は無傷だったし、車はほぼ無事でエンジンは依然としてアイドリングしていた。彼はギヤをドライブに入れ、アクセルを床まで踏みこんだ。タイヤが緩い地盤で空回りしたが、やおらミニ・クーパーは前方へ飛びだした。バックミラーの中には、丘の向こうに姿を消すトラックのブレーキライトしか映っていなかった。

ピットが高速で砂利道を飛ばして行くうちに、フォイアズで舗装された湖岸の道に出た。深まる黄昏時、村をゆっくり通りすぎながら、水際のそばにある小さな石造りの教会に彼は目をとめた。彼はその細い道へ向かい、教会の裏手に車を停めた。教会の横に沿っている背の高い灌木の堤へ歩いて行くと、彼はかがみこんで道を見張った。一〇分経っても追いかけてくる車の姿がないので、彼はぼこぼこになったミニ・クーパーへ引きかえした。

湖岸は短い丘をくだったすぐ下にあった。ピットは小さな船着き場に一艘のスキフ（一人乗りの平底船）が繋がれているのに気づいた。対岸を観察したところ、マキー館は少し西寄りにあった。館は隠蔽された施設と湖を挟んでほぼ正面に位置していた。

ピットはミニ・クーパーのフェンダーに寄りかかると携帯電話を取りだし、ワシントンD.C.のとある番号にダイヤルした。向こう側で、アル・ジョルディーノが唸るように応答した。

「アル、NUMAの潜水艇で、イギリスで使えるのはないだろうか？」

「ちょっと当たってみる」ジョルディーノはNUMAの技術研究所のコンピューターで調べてみた。「あんたはついている」彼は間もなく知らせた。「シー・ニンフ、われわれの小型潜水艇の一艘だが、北極調査船ノーズの甲板で埃をかぶっている。ノーズ号はこの先数日、リバプールの乾ドックに入って推進装置の修理を受けることになっているんだが」

「リバプール行きの飛行機に飛び乗って、そいつをトラックに乗せてスコットランドまで運んでくる気はないか？」

「たまたま、俺は格子縞のベレーの女性が好みなんで、答はいつでもイエスさ。どうしたんだね？　招待主が楽しいもてなしをしてくれないのか？」

「大変な歓待ぶりさ」ピットはミニ・クーパーのずたずたに切り裂かれたフロントを軽く叩きながら言った。

「そっちに二四時間後には着けるはずだ。多少ずれはあるだろうが」

「フォイアズという村で会ってくれ。小さい船着場が水際近くの地元の教会の背後にある。ネス湖にあるんだ」

「俺たち怪獣狩りをするのか?」

ピットは湖越しに館を見つめた。黄色い地上照明が建物の外面を照らし出していて、濃さを増す宵闇を背に不安をかき立てる灯台さながらに浮きあがっていた。

「似たようなものかも」

38

ローレンは吐き気、寛ぎ、さらに眩暈を感じた——それらすべてを同時に。ジェットラグとアルコールが重なったせいだと彼女は、宴会場に入るなり握らされたシャンパンのグラスを回しながら考えた。

マキー館で最大のその部屋は天井が高く、中世風の壮麗さに彩られていた。太い大理石の柱が隅ごとに壁面を仕切っていて、いずれの壁面もハイランド地方の巨大な絵で飾られていた。豊かな寄木細工の床の遥かな高みにある天井は、ミケランジェロにも引けをとらぬ受胎告知のフレスコ画に覆われていた。ローレンはマリア像が、主人役のエバンナ・マキーにひどく似ていることにごく自然に気づいた。

宴会場のふだんのテーブルは小さな高いものに取り替えられ、統治連盟の女性たちが飲み物を持って取り囲んでいた。色合いが変化するムード照明が頭上で煌めき、心和むスパミュージックがどこかスピーカーから漂い流れていた。ローレンはエネルギッシュな女性の群れを掻き分けて、部屋の中央にある小さなステージに向かいながらラベンダーの香りを感じた。

「婦人会議員スミスさん？」

親しみやすい感じのする短い茶色い髪の女性が、手を振って近くのテーブルへ招いた。

「あなただと思ったの」彼女はオーストラリア訛りで話しかけ、手を差しのべて挨拶した。「アビゲイル・ブラウンです、世界銀行の」

「ええ、女性首相。国連で去年開催された国際災害救援会議でお目にかかりました」

ローレンは元オーストラリアの首相に気づかなかったので、いささかばつが悪かった。

彼女は現在、世界銀行のCEOを務めていた。

「どうぞ、アビーと呼んでください。あなたはあの恐ろしいモンスーン洪水の後、バングラディシュ避難民の救助活動に素晴らしい働きをなさった」

「決して十分ではありません。それに、いつも次の災害が出番を待っている、そんな感じですし」ローレンはステージのほうを身ぶりで示した。「ここのセミナーに前にも参加したことがおありなのですか？」

「今回が初めてですが、心待ちにしていたんですよ」

「私は二、三週間前に、ミセス・マキーに会ったばかりなのです」ローレンは言った。

「彼女がこんなに顔が広いとは知りませんでした」

「本当に。彼女の夫が生み出した環境関連製品は世界中で活用されていますし、彼女はその成功に欠かせぬ存在です。それに彼女は女性を指導者に押しあげるために、倦むことなく活動しています。人づてに聞くところでは、世界銀行に私が指名されるようにロビー活動までしてくれたそうです、私は彼女をほとんど知らなかったのですが」

「彼女のご主人をご存じなのですか？」

「残念ながら知りません。フレイジャー・マキーは数年前に亡くなりました。彼はすこぶる優秀な人だったそうですね」ブラウンは部屋を見わたし、片手を口に当てた。「彼は同時に女好きで有名だった。噂では、彼はエバンナと別れて、コロンビア人の愛人と結婚するところだったそうです、死の直前に」

「そのせいでしょうか、この会議に男性が歓迎されていないようすですけど」ローレンは笑いを浮かべた。

ブラウンはうなずき、左右のこめかみを撫でこすり目をすぼめた。「光のショーをもっと控えめにしてほしいわ。おかげで眩暈がする」

「私もそうなんです」ローレンは言った。「シャンパンのせいだと思っていたけど」

招待客たちは知らなかったが、明滅する彩色光線はたんに雰囲気を盛りあげているだけではなかった。特殊な電球の紫、ピンク、それにマゼンタの純粋な色は、心を和ませ穏やかにすることで知られている周波数で放射されていた。その発光装置のそばにあるエアロゾル・ジェットはカモミール（キク科の一年草）、パチュリー（シソ科の多年草）、それにラベンダーのオイルを含む細かい霧を発散して効果を添えていた。

心理的な刺激はそれに留まらなかった。招待客ごとにわたされたシャンパンと水のグラスには、かすかにメスカリンとスコポラミンが塗られてあった。その組み合わせは招待客の精神状態を変え、受容性や感受性を最大限にすることを目的としていた。それは集団催眠に近い状態を作りだすための基礎的な仕掛けだった。

光が暗くなり、オーケストラによる行進曲が会場に流れた。女性たちは静まった。スポットライトがステージを照らし、エバンナ・マキーが光の中へ颯爽と登場した。彼女は特製のリンネルのスーツ姿で、太い金のネックレスとイヤリングでアクセントをつけていた。髪は後に引いて束ねてあり、完璧なメークアップが彼女の顔に申し分ない輝きを添えていて、彼女にはＣＥＯと同時に高齢のビューティークイーンの威厳をそなえていた。

列席者たちはいっせいに激しく拍手した。

「ご婦人、友人、世界の指導者のみなさま」彼女は語りかけた。「みなさま、マキー館へようこそ。私たちはまた、ウーマンリブと新しい全世界的な秩序のために、一堂に会しました。私はみなさまの前でお誓いします、私たちは有意義にして永続的な変化を世界に喚起し、女性が権力の最前線でしかるべき場所を占める世界をもたらすことを」

彼女は実績を積んだ政客の自信と威厳に満ちた口調で話した。すると、決起大会におけるカリスマ的な政治家に対するように、出席者たちは一節ごとに歓声をあげた。

「今日」彼女は言った。「私たちは全世界的な規模の指導力の危機に直面しています。何十年も、何世紀も、さらには何千年も、私たちはこの地上に度重なる戦争、対立、飢饉、さらに病ばかり見てきました。知識と科学技術は進歩したにもかかわらず、私たちは今なお昔に変わらぬさまざまな災厄に苦しめられています。今日の世界は前例を見ないほど堕落していますし、危険に満ち満ちています。この現状は指導力の危機がもたらしたものです——男性指導の危機が」

夥しい賛同の叫びが会場を駆けめぐり、マキーは微笑んだ。

「私たちの役目です、私たちの責任です、あえて言います、私たちの運命です、私たちが後生大事に抱えこんでいる失敗に終わったさまざまな制度を支配し、それらをよりよい位置へ導くのは。女性であるゆえに、私たちはあまりも長きにわたって抑圧され、蔑まれてきました。いまや私たちが過去の誤りを正す番です。私たちの番です、私たちの社会を束縛してきた不信、傲慢、さらには地域的な発想を罰するのは。私たちの番です、世界を苦痛の場所ではなく、希望、楽観、さらには全ての人にとって改善の場所とするのは」

会場は歓声で炸裂した。ローレンさえ異様な高揚感を感じ、マキーを支持したい衝動に駆られた。いったん拍手が収まると、マキーは一段と熱をこめて話し続けた。

「私たちは独力では私たちの探究に成功することができません。私たちは力を合わせて働かなければなりません。みなさん各人銘々が、あなたの姉妹に手を差しのべなくてはなりません。しっかり手を握って道程の一歩ごとに互いに支え合い、互いに助け合って頂きに至りましょう。協力し合うことによってのみ、私たちは真実の、さらには永続的な変化をもたらすために必要な権力の頂点に達することができるのです」

彼女の声は和らぎ、遠い眼差しになった。

「この世界は間もなく、私たちが望む方向に変化するでしょう。つぎの世代、その先の世代では、行く道の過酷さは和らぐことでしょう。しかし、私たちの闘いに休息があってはなりませんし、闘いの過程で得た収穫に気を緩めてはなりません。私たちはみな階梯を上り続けねばなりません。天井を打ち破り、山の頂に私たちの正当な場所を勝ち取らねばなりません。共に、私たち――ブーディカ（古代ブリタニアの若き戦闘女王。没西暦六一年）婦人協会――は、待ち受けている勝利を勝ち取るでしょう。ありがとうございました」スポットライトが薄れて消えゆき、耳を聾する拍手に会場は埋めつくされた。歓声をあげる女性たち、呆然と身体を揺する女性たち。

会場の照明がじょじょに甦り、ローレンはちらっとブラウンを見た。そのオーストラリアの女性の目の下にはマスカラが筋を描いていて、彼女は感極まって人目をはばからず泣いていた。

ローレンは手をあげて自分の顔に触れた。なぜなのか全く分からなかったが、一筋の涙が彼女の頬を伝い下りていた。

39

　ジェット旅客機が最終降下をして低く垂れこめた雨雲を突き抜けると、地表が姿を現わした。緑の牧草地と農地のキルト模様が見わたす限り拡がっていた。ダークは窓越しに青々とした広がりに目を走らせ、アイルランドがエメラルドアイルと呼ばれる所以が分かった。

「誰も思わなかったろうな、われわれがエジプトのある王女をアイルランドまで追いかけてくるなんて？」彼は隣に座っているサマーに言った。

「ジュリアンは私たちがここで目の当たりにすることに、驚くだろうって言っていたわ」

　旅客機はほどなく南西部のクレア郡にあるシャノン空港に降着した。通関をすませバッグを回収し、ダークとサマーはレンタカーを借りだして貨物ターミナルへ向かった。

「ＮＵＭＡ宛の荷物は届いてる？」サマーは係にたずね、その間にダークは電話を掛けていた。

彼女はサインして箱を二つ受け取り、トランクに押しこんでいる間に、ダークは電話を終えた。彼女はトランクを閉めながら、兄が笑みを浮かべているのに気づいた。

「言わないでも分かっているわ。リキ・サドラーでしょう?」

ダークはうなずいた。「私から知らせを受けて驚いたようだった。しかし、ダブリンで仕事をしているので、こっちに来られるらしい。エディンバラで飛行機に飛び乗って、一日か二日後に合流できるようにやってみるそうだ。またわれわれに会えるのを楽しみにしていると言っていたぞ」

「われわれ?」サマーは眉を吊りあげて、車のキーをダークにひょいと投げわたした。「とても上機嫌な様子なので、ここはひとつ運転してもらいましょうか」

ダークは右側の座席に収まり発車させた。彼は左の路肩に張りついてリムリック市を通過し、開けた郊外を南東へ向かって一〇〇キロ近く走り、トラリーの町へ向かった。一二一六年にノルマン人によって創設されたそのアイルランドの魅力的な地方の町は、毎年行われる美人コンテストでもっとも有名で、国中で〝最高に美しく魅力的な〟女性はトラリーのバラと称えられる。

ダークはサマーの指示に従い、泊まるホテルを町役場と大きな町営公園の間に見つけた。チェックインをすませると、彼らは数ブロック歩いて大きな辛子色の建物に向かった。カービー・ブロウグ・インと標示が出ていた。中に入ると温かみのある居心地のよさそうなパブがあって、ちょうど宵の口の飲み客たちでにぎわいはじめたところだった。

彼らが入っていくと、すぐさま、細身の男が奥から近づいてきた。胡麻塩髪に同じ色の口髭を生やし、皺だらけのオックスフォードシャツの上に矢はず模様のツイードのジャケットを着ていた。

「あんたたちNUMAのアメリカの人だろう?」彼はひどいお国訛りで訊いた。

「おっしゃる通りです」ダークは自分自身とサマーを紹介した。「ブロフィー教授ですね」

「エイモン・ブロフィーです、よろしく。ブロフィー、友人の間では。さあ、こちらへ」彼はくるりと向きを変えた。「奥の静かなテーブルです。スタウトを一、二杯つき合う分に異存はないでしょうな?」

「私はスタウト（強健）な男なので」ダークはうなずきながら言った。

ブロフィーはパブのカウンターを片手で叩き、黒髪のバーメイドに声を掛けた。

「ノーリーン、ギネスを三杯頼む」

彼は片隅の小さなテーブルに向かって歩き続けた。その脇には額入りの古いウイスキーの広告が飾られていた。みんなで席に着きながら、ダークはテーブルの上に空のビールグラスが一つ、古めかしい陶器のパイプの隣に置かれているのに気づいた。

「これはまさに、私が思い描いていた通りの光景だわ」サマーが言った。

「ビールもさることながら」ブロフィーはウインクしながら話した。「ここのパブ料理はケリーで最高だ」

「トラリーにお住まいなのですか？」彼女は訊いた。

博士は首をふった。「ダブリン大学の考古学部の主任を退職後、女房と私はディンクル湾を見おろすアナスコールに小さな農場を買い求めました。西へ三〇キロほどの所にあるんですが」

ノーリーンがビールを持ってきて、ブロフィーが飲んだ空のグラスを下げていった。

「ありがとう、娘さん」彼はグラスをかざし、ダークとサマーのほうに傾けた。「わが新しい友人たちに。不幸がこの先二人の人生を追いかけても、決して追いつかないように」

彼は深々と飲むと、グラスをテーブルに置いた。「さてと、私の旧友サン・ジュリアン・パールマターが言うには、君たちはなにやら三五〇〇年前に北アフリカに端を発した借り物競争に関わっているそうだが」

「私たちは王女メリトアテンの物語を追っています」サマーはエジプトで自分たちが発見した一連の内容を説明した。「ファラオ・アクエンアテンの統治時代に、エジプトが疫病に見舞われたが、奴隷のある集団がファラオの娘のお蔭で病を免れた証拠を私たちは見つけました」

「その証拠が興味深いんです」ダークが言いそえた。

「メリトアテンは奴隷たちを救ったようです、ハビル族というのですが」サマーは話を続けた。「彼らは疫病を生きのびましたが、それはメリトアテンが彼らにアピウム・オブ・ファラスと呼ばれるものを与えたからで——シルフィウムという植物にもとづく古代の治療法です」

「初耳だ」ブロフィーは言った。

「それは絶滅してしまっているからです」ダークが言った。「われわれはエジプトのファラスのある神殿で手掛かりを一つ得ました。問題のアピウムはシャハトと呼ばれる土地で育つ植物から採れる、と記されていたのです。われわれが調べたところでは、その古代の地名に合致するところは一箇所しかありません——リビアにある」

「そこはリビア北東部の森林高地の高い場所にあります」サマーは知らせた。「しかも、シルフィウムが育つことが知られている唯一の地域です。地元の人たちは、それが調味料や薬として広く使われるようになってから刈り取るようになった。古代エジプト人たちはその植物を現わす象形文字まで持っていた」

ブロフィーはまたビールを飲み、話に聞きいった。

「古代ギリシャ人とローマ人はシルフィウムを珍重していた」ダークは話した。「ヒポクラテスと大プリニウスはそれが広い範囲の病に効くと書いています。事実、シルフィウムはローマ人の需要のせいで絶滅した可能性がある。あの植物は栽培できないので、野生の植物が乱獲されたらしい。非常に珍重され、カエサルはローマの公庫にシルフィウムを保管していたし、最後の茎はネロに贈られたと言い伝えられています。今日、われわれはこの植物の特性については推測するしかありません。一部の植物学者たちは、ウイキョウの仲間ではないかと考えています」

「なるほど」ブロフィーは顎を撫でた。「するとシルフィウムは——あるいはアピウム・オブ・ファラスは、奴隷のハビルたちを疫病から護ったわけだ。したがって、君たちがメリトアテンの墓を見つければ、アピウムは見つかる」

「ありえます」サマーは言った。「ほかの一団もその発見に関心を寄せているようです」

「不可能に聞こえることは承知しています」ダークが言った。「ところで、王女メリトアテンとアイルランドとの繋がりについて教えていただけませんでしょうか？ジュリアンは歴史的な記録にはなにか潜んでいるものだ、と言っていますが」

ブロフィーは頬をほころばせた。「君たちはこれまでに、スコットランドの起源について考えたことがあるだろうか？」

ダークとサマーは眉を吊りあげて顔を見合わせた。「特に考えたことはありません」

「スコットという名称は、ラテン語では〝ゲール人〟を意味する。スコシアは〝スコットの土地〟を意味する。この言葉は中世には、ゲール語を話す英国北東部を指す用語として広く使われるようになった」

ダークは妹をまた見た。この考古学者は俺たちが着く前にスタウトを飲み過ぎたのではないだろうか？

「だが、それより数世紀以前に」ブロフィーは話した。「スコットという名前はアイルランドを指した。アイルランドをスコシア・メジャー、それにスコットランドをスコシア・マイナーと呼んだこともある」

「アイルランドはハイバーニアと呼ばれていたのだと思っていましたけど」サマーはバーメイドがギネスの泡に描いた三つ葉模様を感心して眺め、一口すすった。

「その通り」ブロフィーは言った。「それはアイルランドの古典的なラテン名です。ケルト語のアイベリューから派生したもので、それを拠りどころにして最終的にアイルランドという名称が誕生した」

サマーはビールを下に置いた。「ゲール人ってどんな人たちなのでしょう？」

「そうね、ゲール人は新石器時代にアイルランドに最初に定住した人たちだ。ゲール語はアイルランドを放浪していた、後世のケルト部族の一つから発生している。それはわれわれの現代アイルランド語に進展したし、スコットランドは独自のゲール語を発展させた。君には、ゲールという言葉そのものの起源のほうが興味深いように思えるが」

彼はビールに手を伸ばしてグラスの半分を飲み、口髭に付いた泡をぬぐい取った。

「ゲールという名前は古代アイルランド語のゴイデルから発生しており、その言葉は〝猛々しい男たち〟ないしは〝戦士たち〟を意味すると一部の者は主張している。しかし、アイルランド伝説は、ゲールはゴイデル・グラスという名前から発生したと伝えている」

「なにか脆そうな感じ」サマーは冗談を言った。「彼はどんな人なのでしょう？」

「そのためには、クロニカ・ジェンティス・スコトルム（スコットランド人の年代記）に戻らねばならない。年代はおよそ一三六〇年。クロニカでは」ブロフィーは話した。「ゴイデル・グラスはゲイセウス、またはゲイセロスの名で知られていた。彼はギリシャの若い王子で、母国から追放された身分だった。彼はエジプトへ旅をし、一時スペインへ移り住み、その後イギリスへ渡った」

「彼がエジプトにいたのですか？」サマーは訊いた。彼女とダークは身を乗りだした。

ブロフィーはまたビールを一すすりするとうなずいた。「そうです。それに、あそこにいた間に、彼は結婚している。誰あろう、ファラオの娘です。彼女は後にスコタの女王と呼ばれている、アイルランドの歴史書では」

ダークとサマーは顔を見合わせた。

「ひょっとして、彼女はメリトアテンでは？」ダークが訊いた。

「彼女のファラオであった父親の名前は確定されていないし、スコタは明らかにエジプト人の名前ではない。同時代のほかの記述は、ファラオの名前をアケンクレスと称している。なんのことはない」ブロフィーは言った。「それはアクエンアテンのギリシャ読みだった。したがって、初期の記述が真実なら、王女メリトアテンとスコタ女王は同一人物らしい」

「私たちは証拠を見つけました」サマーが言った。「メリトアテンは命を大変な危険にさらしてまでエジプトを脱出しています」

「アイルランドの一連の記述は、スコタと――すなわちメリトアテンと――その夫ゲイセロスはある疫病のためにエジプトを脱出したと述べている。彼らはスペインへ渡り、その後また航海をしてアイルランドに着いた」

サマーは首をふった。「驚きだわ、彼らがそんなに遠くまで航海したなんて」

「まったく。あの時代の航海については分かっていないことが多い。われわれが得ている証拠は、当時すでにわれわれの島々と地中海地方の間で交易が行われていたことを示唆（しさ）している。われらが心やさしき王女はひとたび到着すると、さまざまな歴史的記述に登場するが、注意するように。細部には違いがあるので。かりに六世紀の〝侵略記（ブック・オブ・インベージョンズ）〟の訳本によると、彼女とその一族の戦士たちは一船隊と共にアイルランドに着いた」

ブロフィーはバーメイドの注意を引こうとした。「上陸して三日後に、彼らは先住民たちと一戦交えている。その際に、スリアブ・ミスでの戦いで、女王スコタは命を落としている。だが彼女の軍勢は戦い続け勝利を収める。国の統治権は彼女の息子二人の間で二分され、住民はスコティスと呼ばれるようになった。彼らの子孫は後にスコットランドへ移住したが、それは数世紀後にケルト帝国らしきものが設立されてからのことである」

「ちょっと信じられない気がします、エジプトの王女とその後継者たちが青銅器時代にアイルランドとスコットランドを統治したなんて」サマーが言った。「神話以上の可能性があるのでしょうか？」

ブロフィーはテーブルに両肘（ひじ）をついて身を乗りだした。「あらゆる神話の背後には、おおむね真実が潜んでいるものです。不幸にして、われわれは三五〇〇年さかのぼるアイルランドの記録を持っていない」彼は微笑んだ。「だが、彼女がアイルランドとスコットランドの最古の歴史の一部であることは否定のしようはない」

「考古学的記録はどうでしょう？」ダークが訊いた。「エジプトとの接触を示唆する、物理的な手掛かりはなにかあるのでしょうか？」

ブロフィーはうなずいた。「いくつか興味深い繋がりがある。青銅時代の三隻の船が何年も前にヨークシャー地方で、さらにドーバー市で一隻見つかっているが、一部の者たちはエジプト式設計だと信じている。言語の専門家たちは、古代ゲール語とフェニキア語の間にいくつか類似点を見つけた。さらには、最近のＤＮＡの研究はアイルランド系ケルト人の血液の一部が、イベリアと北アフリカに起源を持つことを示している」ブロフィーはさらに身を乗りだした。「いちばん興味深いつながりは、たぶんタラだろう」

「スカーレット・オハラの故郷？」サマーが訊いた。

「はっきり言うが、君、違うよ」ブロフィーはせいぜい俳優のクラーク・ゲーブルを真似（まね）て答えた。「タラの丘は、ダブリンの北にある古代の遺跡で、初期アイルランドの歴代の王国のもっとも神聖な場所と見なされている。一九五〇年代に、そこで発見された墓地には青銅時代の遺骸（いがい）が一体含まれていて、炭素同定法では紀元前一三五〇年前後だった」

「それだとメリトアテンと同じ時代です」サマーが言った。

「その遺体は青銅のネックレスで飾られていて、それには青緑色のビーズが含まれている。ファイアンス（装飾陶器の一種）のビーズと呼ばれていた。それらはエジプトで誕生したと信じられている。事実それらは、ツタンカーメンの金色の首飾りに含まれているファイアンスのビーズとまったく同じだ」

「ひょっとして、その遺骸は」サマーが訊いた。「メリトアテンなのでは？」

「違う、若い男性だ。その若者はタラの王子とされている」

「彼の遺骸が今日に残っているなら」ダークが言った。「メリトアテンでも起こりうる」

「彼女はどこに埋葬されたのかしら？」サマーが訊いた。「彼女はスリアブ・ミスで命を落としたとおっしゃいました。そこは特別な戦場なのですか？」

ブロフィーは首をふった。「そこは山脈で、ディングル半島沿いに伸びている。戦いは長い戦線において、数週間に、おそらくは数か月にわたって行われた。歴史書によると、彼女はスリアブ・ミスと海の間に埋葬されたらしい」

「その場所の広さはどれぐらいあるのかしら？」

「二〇キロほどの長さ。しかし、そんなに広い場所を探す必要はない。われわれの仕事はもう少し楽だ」彼は笑みを浮かべた。「そのために、君たちとタラリーで会うことにしたんだ。われわれはここからちょうど五キロ南へ行けば済む」

「山の中ではないのですか？」

「いや。なんとも美しい渓谷。グレンスコタというのだが。ほかならぬスコタ女王の由緒ある埋葬地です」

40

ピットはすっかり暗くなってから館へ戻った。叩きつぶされたミニ・クーパーを石の塀に押しつけて傷んだフロントを人目から隠し、地所の入口へ大きな足取りで歩いていった。マキーの護衛レイチェルはドアのすぐ後ろに立っていて、ピットに素っ気(そっけ)なくうなずいた。円形広間には人気(ひとけ)がなかった。ピットは自分の部屋へ向かった。部屋は小さなテーブルライトでぼんやり照らされていた。ローレンはベッドで眠っていた。

彼はベッドの端に座り、ローレンの顔に掛かっている髪の毛を払いのけてやった。

彼女は目をしばたたせながら目を開けた。

「お帰り」彼女は囁(ささや)くように言った。「どうにも起きていられなくて。きっとジェットラグのせいね。少し夕食を持ってきてもらっておいたので、もしもお腹(なか)がすいていたら」彼女はサイドテーブルに載っている覆いをした大皿のほうを身ぶりで示した。

ピットは彼女の頰にキスをした。「休むといい。すぐ、私も休むから」

彼女は微笑み、目を閉じると眠りに漂いもどった。

ピットがお盆に近づき覆いを取ると、焼いた鮭とポテトの皿が現れた。何度か口に運ぶと、栓を抜いたボトルからワインをグラスに注ぎ、見晴らし窓の横に座った。湖がほどいた黒いリボンさながらに景色を過ぎっていた。黄色い灯りがいくつか対岸の低い灰色の丘の連なりで煌めいていた。南に目を転じると、湖上に黒っぽい染みが認められた。例のタンカーの輪郭だった。ワインをすすりながら、ピットは長い間タンカーとその背後の、目に映らぬ施設を見つめていた。

二階の照明を和らげた部屋で、エバンナ・マキーはカラー・ビデオモニターに映しだされる彼のあらゆる動きに目を凝らしていた。壁面を埋めつくしている一連のモニターは、館を取り巻いている十指にあまる警備カメラが送ってくるライブの映像を捉えていた。そうしたカメラには、限定された招待客室に秘かに取りつけられたものもあった。彼女はピットが食事を終え、服を脱ぎベッドに潜りこむのを見届けた。

「彼は化け物のようには思えないけど」マキーは固い声で言った。

部屋の反対側の机では、オードリーが母親を見つめながら首をふった。「イレーネの報告では、研究所の外で轢き殺そうとしたら、彼は横を擦り抜けて逃げてしまったそうよ」

「彼は施設に潜入したのかしら?」

「正門にたどり着いただけよ」

マキーは近づいて行き、オードリーの向かいに座った。先ほどのスピーチのためにした厚化粧が、蛍光灯に照らされ分厚いペースト状に見えた。

「私は彼とリチャーズの面談のビデオを見たけど」彼女は渋い顔をした。「ピットは本物のパーキンズと話していないと見抜いていたように私には思える。なぜあの愚か者はあんなにすぐさま慌てて研究所へ戻ったのかしら? 彼はもっと心得ていそうなものなのに」

「ピットがわたした水のサンプルを、彼は早く試験してみたかったのでしょう」

「それで?」マキーは一段と身を乗りだした。その顔は張りつめていた。

「心配する謂れなどなにもないわ、お母さん。私たちの生物学的製品の濃度はゼロだから。ピットはネス湖から水を採取しただけだ、とリチャーズは考えている」

「彼はなにか知っている、さもなければここに現れるはずがないもの」

「ナカムラ教授は、あの農業科学者たちが採取したエルサルバドルの水のサンプルをぜんぶ受けとったことを示唆している。サンプルはすべて、彼の部屋から回収された。ピットは推測しているに過ぎない――しかし、同感です、彼は危険だわ」

「どれくらい滞在するのかしら?」

「セミナーは明日終わるけど、ローレンの滞在は私が一日伸ばしました。世界銀行の総裁も。二人とも今年初めての参加者だし、非常に影響力の強い立場にある。あの二人の協力を取りつけられると思うんです」

「結構よ」マキーは言った。「だけど、ピットからは目を離さないように。もしも、彼がまた研究所に近づいたら、その場で彼を殺すのよ」

「それだと、彼の妻に対する私たちの影響力が損なわれる恐れがあるけど」

マキーの目は敵意に燃えたった。「その時は、もてなしを強化するしかないわね」

ドアが開いて、リキ・サドラーがお茶のカップを一つ持って入ってきて、それをマキーに差し出した。彼女はマキーの隣に座った。

「お母さん、ついいましがたNUMAの二人から電話をもらいました。アマルナで私たちの墳墓の回収作業を混乱させた彼らです」リキはゆっくり敬意をこめて言った。

母親の気持ちを動揺させたくなかったのだ。

「彼らは死んだものと思っていたけど」

「私もそう思っていました。私がナセル湖の潜水地点を離れる時、彼らの姿はなかった。彼らがどうやって生きのびたのか、私には分かりません」

「彼らはエジプトではひどく迷惑をかけてくれた」

「エジプトに着いた時点では、スタンレー博士があの墳墓の発掘にあれほど近づいていたとは私は知りませんでした。彼らの存在は予想外だった」

「彼らはなにか知っているのかしら？」マキーは訊いた。

「エジプトの王女メリトアテンとアピウム・オブ・ファラスとの繋がりを、彼らは突きとめました」

マキーは額に皺を寄せて身を乗りだした。「すると彼らはアピウムの力を知っているのね。私は墳墓の壁画の写真を見ました。あれはアピウムが疫病の治療薬として使われていたことを証明しているように思える」

「父はそれに気づいていたわ、テーベの遺構であの言及を見つけた時点で。しかしその存在を裏づけられなかった」

「このアピウムが問題の疫病を治せるなら、私たちが開発した薬品の解毒剤になってくれるはずです」オードリーが言った。

「ＮＵＭＡの者たち、彼らもまた、あれが絶滅したことを当然知っているのじゃない？」マキーが訊いた。

「そう思います。知ったばかりなのだけど、彼らはメリトアテンがアイルランドに、女王スコタとして埋葬されたと信じています。それに彼らは、彼女の墓の中にアピウムがあると考えている」

「女王スコタ?」マキーは言った。「彼女の墓である証拠はあるの?」

「確かに、ケリー州に墓所があります。ちゃんと調査されたことは一度もないけど」

「あなたはそこへ行って、なにも出てこないように手を打つべきだわ。会社のジェット機を使いなさい。できるだけ早く発(た)つのね。それに、ガビンとエインズリを連れて行きなさい」彼女は娘の髪を撫でた。「わたしたちは重大な瀬戸際に立っている。この際どい時に、私たちは強くあらねば」

「ええ、お母さん」リキは立ちあがり部屋から出ていった。

マキーは彼女が去るのを見送り、オードリーを見すえた。彼女たち、マキーの娘二人は、ひどく違っていた。リキは生まれつき心優しく世間ずれをしていなかった。いっぽうオードリーは、そうした気質には無縁だった。フレイジャーのせいだ、とマキーには分かっていた。

ある夜、酔っぱらって遅く帰宅した彼は、よろめきながら一方の娘の暗がりの寝室に入っていった。たぶん、エバンナを求めていたのだろう。あるいは、むしろ義理の娘リキを。だが彼はオードリーと関係を持った。一言も発せられた例(ためし)はないが傷は残った。オードリーは従来の性格からは一変して辛辣(しんらつ)な人間になり、エバンナは長年にわたって押し殺してきた怒りを再燃させた。我慢もこれまで、と彼女は自分に言い聞かせ、それを行動に移した。

マキーは案じ顔でオードリーに話しかけた。「あなたの義理の姉妹は不安げだったわ」

「彼女はピットの息子に気があるふりをしている。彼が知っていることを見極めるためだけど。彼女は彼を殺すことに気乗りしていないみたい」

マキーはうなずいた。「あの娘はあなたみたいに強くないから。ずっとそうなの。私たち真相を彼女に伏せておくべきではなかったようね」

「いまさらこれまでのことを思い返すには及ばないわ」オードリーは平然と応じた。「彼女があなたと同じくらい強ければ助かるのだけど、これからだって学んでくれるでしょう。ガビンを呼んで、アイルランドにいるあの息子を機会がありしだい殺すよう命じてちょうだい」

マキーは振り向いてピットの部屋のモニターを見つめ、ダークの父親にも同じことをすべきか思いを巡らせた。

41

トラリーの南五キロの曲がりくねった田舎道を通りすぎながら、サマーは道端の標識がスコタの墓（フィアート・スコイシン）と謳（うた）っているのを見てショックを受けた。

「スコタの墓？」

「いかにも」ブロフィーが後部座席から言った。「このあたりは小さな花の谷と呼ばれている。ここで停めてくれ。ほんのちょっと歩こう」

ダークは通りの脇に開けた場所を見つけ、レンタカーをゆっくり停めた。彼はトランクを開けて、シャノン空港で回収した木枠を取りだした。なかには長方形の箱、LEDのパネル、車輪四本、フレーム、それにレンチが入っていた。彼は部品を組み合わせて草刈り機らしき代物を作りあげ、ハンドルバーの上にスクリーンを取りつけた。

ブロフィーは首をふった。「君はそんなもので草を刈るつもりなのか？」

「言ってみれば、そうです」とダークは答えた。「これは地中を貫通するレーダー装置です。土壌の状態がよければ、地中のあらゆるものを覗（のぞ）かせてくれるはずです」

「例えば石棺（せっかん）？」

「では、草を刈るとしよう」ブロフィーはトランクからシャベルを取りだし、車から離れた。

彼は二人の先に立って、手入れの行き届いた小道の門を通り抜けた。草深い丘の連（つら）なりが彼らの前に弧を描いて立ちあがっていて、道はカバの木とヒースに縁（ふち）どられた狭い谷間を曲がりくねりながら縫っていた。ダークはレーダー装置を引っくり返して、小道を二つの車輪で曳（ひ）いて行けるようにした。

ブロフィーは右手を指さした。「あそこの高い丘、あれはノックマイクル山。われわれはスリアブ・ミス山脈の東の外れにいる。それに、どこかこの近くの、トラリーの山手のこの谷間で」ブロフィーは話し続けた。「例の大規模な戦いがくりひろげられたんだ。メリトアテンとその軍勢は、ここを支配していた数部族と戦ってそれを破り土地を掌握（しょうあく）した。しかし彼女は戦闘中に命を落とした」

風光明媚（めいび）な谷間は、フィンガルの流れと呼ばれるせせらぎが縫っていて、のどかな感じだった。斧（おの）や刀、それに槍（やり）で武装をした青銅期時代の戦士たちが、穏やかな郊外で白兵戦を繰り広げたことを、サマーはちょっと想像しかねた。黒い雲が張りだし空が暗くなり、雨が降り出しそうだった。

彼らは小道を三〇分ほどのぼり、流れに架かっている小さな橋を渡った。小道は広い開けた草地で途切れていて、石が点在し若いカシの木が回りをとり巻いていた。向こう端の小さな丘陵は大きくないくつもの岩石に覆われていて、その上にコンクリート製の円柱の墓標が建っていた。

ブロフィーは墓標に向かって手を振った。「なんとひどい代物だ。あの位置にこだわらないように。われわれはこの開けた場所全体を調べるべきだ」

ダークはレーダー装置の長方形のアンテナを地面に触れるまで下ろし、動力を入れた。彼はノブを調節し、波打つ灰色のいくつもの線がスクリーンの上半分を満たすようにした。機上レーダーに似たその装置がマイクロ波のパルサーを地中に送りこむと、それは二次元の映像を送り返してくる。

ブロフィーはダークの肩越しに覗きこんだ。「どんな調子かね?」

「この装置は深さ六メートルまで達する仕様だけど、その三分の一走査できればいいほうです。ここの地質は粘土質で湿気が多そうなので、地中レーダー探査とは相性が悪い」

「失われた人工物と」サマーが口をはさんだ。

ブロフィーは微笑んだ。「加えて、掘るのをいっそう困難にしている。なにかを埋める者は、あまり深くは掘らないものだ」

ブロフィーはサマーと一緒に、地中レーダー（GPR）探査装置を押して空き地を進むダークについて行った。ダークはきちんと往復をくり返し、必要に応じて突き出ている岩石を避けて通った。彼はある個所で停まってブロフィーが掘りかえせるようにした。博士が数センチ掘ると岩石にぶつかった。

「ほんのテストです」ダークは笑いを浮かべた。「黒っぽい個所が見つかったので、石に似た感じの」

ブロフィーは渋い顔をしてシャベルに寄りかかった。「私はテストのためにここへ来たのではない。私は例の物を見つけに来たのだ」

ダークは声をたてて笑い、装置を前進させてアイルランド人の怒りから逃れた。彼はいくつか小さな物標を無視して、岩石に囲まれた記念碑へ向かっていった。そこからはサマーに協力してもらって装置を丘の斜面に押しあげ、記念碑の回りの石の間を縫ったり迂回したりした。

ブロフィーは岩石の一つに腰を下ろして眺めながら、〝ユーレカ！〟の叫び声を待っていた。それはついに来なかった。二人は装置を丘から下ろして、近くの二つの石に座りこんでブロフィーの仲間入りをした。

「彼女はここにいないか」ダークは言った。「それとも、われわれには捉えられない深さに埋葬されたかだ」

サマーは丘陵を切り裂いている頭上の渓谷を見つめた。「彼女は渓谷のずっと上なのでは？」

「ありうる」ブロフィーは陶製のパイプを取りだし、火皿のチェリー煙草に火をつけた。その甘い香りが開けた土地に漂った。「スリアブ・ミス山脈のあらゆる場所にいる可能性があるのでは。一生かけて石を蹴返しても彼女が見つからずじまいになることもありうる」彼はパイプをあたりに向かって振りまわした。「あることがいささか気になっているのだが。イギリスの青銅器や鉄器時代の主な墳墓は、高くて戦略的な場所にある。ここはそのいずれでもない」彼は北側のいちばん高い丘に向かってパイプをふった。

「私なら彼女をあそこに埋めたろう、ノックマイクルの頂に。だが、私はここに立っていたわけではないから。戦いでくたびれて、三五〇〇年前に」

「同感」ダークは立ちあがった。「ただし、彼らが彼女をここに戦いの最中に埋めて、彼女を取りもどすために二度と戻ってこなかった場合なら？」彼はGPRをまた押して開けた場所を移動しはじめた。彼が大きな岩石の周囲を回っていると、スクリーンに小さな染みが一つ現れた。それはこれまで無視してきた物標の一つで、地表に突き出ている岩石に隣り合っていて、小さな感じだったし、形も判然としなかった。垂直に探査地点へ向かっていくと、物標は細い線状の形を現わした。その物体の上をダークは三度まわると立ちどまり、ブロフィーにシャベルを貸してくれと頼んだ。

彼はシャベルをダークにわたした。「また石かな?」

「なにやら小さなものです、正体はともかく」

ダークはシャベルの刃を露出している石の表面沿いに滑らして、黒っぽく目の細かい土を掘り起こした。「驚きだ、これを介してこんなにいろんな物が見られるなんて」彼は言った。彼は穴を広げていった。物体が三〇センチほどの深さにあることは分かっていた。密な土は意外なほど掘りやすく、掘り続けるうちにシャベルがなにか固い物にぶつかって甲高い音をたてた。

彼は覆っている土を丁寧に取りのぞいた。サマーは跪き、穴の中に両手を伸ばして、崩れ落ちた土を取りのぞいた。

「彫像だわ」サマーはダークのシャベルを脇にのけた。彼女は地面に爪を立て、土くれを掻き分けてその物を露わにした。

それは確かに彫像で、分厚い灰色の石でできていて、長さはほぼ三〇センチだった。

「さあ、取りだしてくれ」ブロフィーは穴の際に立ち、彼女の肩越しに覗きこんだ。

サマーがさらに土を取りのぞくうちに彫像がそっくり現れた。彼女は丁寧に彫像を穴から持ちあげ、オスカーの受賞者さながらにほかの者たちが見えるように掲げた。

それは荒削りの裸足の女性像で、ローブを纏っていた。ただし頭は、雌ライオンを象っていた。

「頭飾りを見て」サマーは言った。

影像は縞模様のネメス（頭巾）をかぶっていて、ネメスは通常エジプトのファラオの像やデスマスクに描きそえられる。

「これはセクメトだと思う」ブロフィーの声は一オクターブ高くなった。「私の記憶に間違いがなければ、彼女はエジプトの戦いの女神の一人と見なされており、〝恐怖の女性〟として恐れられていた」彼はサマーに向かって片方の眉を吊りあげた。「彼女は同時に、疫病を防ぎ病を癒す治療者でもあった」

「あなたはケルトの歴史家だとばかり思っていたのですが」ダークが言った。

「私は大英博物館の古代エジプト部で、一年研修を受けたので」彼は誇らしげに言った。

サマーは手の中で影像を裏返した。「エジプトのものであることに、疑いはないのですか？」

「ないね。何者かが観光客に偽物を摑ませようと埋めたのなら別だが」ブロフィーは一本の指を走らせて、影像全体を示した。「確かに本物らしい」

「正真正銘の遺物のようにみえるものの」サマーは言った。「墓所である証拠はまったくありません。墓はＧＰＲが読み取れない深い場所にあるのかしら？」

「おそらく。この深さはわずか三〇センチにすぎないもの」ダークが黒い土の塊(かたまり)を穴の中に蹴って戻した。彼はかがみこんで大きな石を指さした。

「ここになにかある」ダークはいまや露出している石の表面についていた土の層を払いのけた。土は剝(は)がれ落ち、石に刻まれたさまざまなシンボルの一本の線が現れた。

「象形文字かしら?」サマーが訊いた。今度は、彼女が声をはりあげた。

「教授」ダークが声を掛けた。「そのシャベルをまたわたしてください」

彼がさらに二〇センチほど掘り下げると、石の平らな部分が出てきた。その表面にはうっすらと船の姿が刻まれていて、その下に象形文字が一列はっきりと記されていた。

サマーはダークの隣に身を寄せてよく見ようとした。

「いや、驚いた」ブロフィーは彼女の肩越しに銘刻を見て口走った。

「これなら立派な墓標になるはずだわ」サマーはスマートフォンを取り出し写真を数枚撮った。「マックスが翻訳できるか当たってみます」

ダークは船の絵図を指さした。「エジプトの艀(はしけ)、ビフロスボートに似ている」彼は石の回りにGPRの輪を広げていき、サマーを穴から追い出して装置を中に下ろした。

彼はスクリーンを観察し首をふった。「このあたりに、ほかの物はなにも見当たらない」

頭上の雲が張り出し、ぱらつきだした雨が土砂降りになった。

ブロフィーが言った。「たぶん神々が、ここではこれ以上見つからないとわれわれに告げているのだろう」

「あるいは、ここで見つかる気があるのはそれで総てだと」ダークはGPRを穴から引き揚げた。サマーは彫像をブロフィーにわたし、シャベルを握った。彼女は穴を埋めなおし、岩の表面の彫刻をぜんぶ覆い隠した。

「私は大学に知らせる」ブロフィーは言った。「これできっと考古学部は徹底した研究をはじめるはずだ」

ダークはGPRを引っ張って車に向かいトランクに投げこみ、ほかの者たちは車に乗りこんだ。彼が運転席に飛び乗ると、サマーは電話をチェックした。

「返信があったようなの。ハイアラムからちょうど返事が届いたわ」サマーは知らせた。「マックスがまた解いてくれたわ」

「ぜひ聞かせてくれ」ブロフィーは言った。「刻文はなんと伝えているのだろう?」

「この場所で、アマルナから来た王女、勝ち戦(いくさ)で命を落とす」サマーは知らせた。

「彼女はいまは海辺のファルコン・ロックに安らぎ、黄泉(よみ)の国への旅の途上にある」

「アマルナから来た王女」ダークが言った。

「彼女はここで死んだ」サマーはうなずいた。「伝説は本当だった。しかし、彼女は持ちさられた」

ダークは額の数珠つなぎの雨粒をぬぐい取った。「教授、このファルコン・ロックについてなにかご存じありませんか?」

ブロフィーは肩をすくめた。「その陸標に覚えはないな。海沿いのどこかなのだろうが」彼はちょっと考えこんだ。「われわれはキラニーへ行くべきだ」

「そこがファルコン・ロックである可能性があるのですか?」サマーが訊いた。

「フランシスコ修道院の本拠地さ。あそこの図書館は初期アイルランドの手稿や地理の記録を豊富に収蔵している。歴史的な地名にまつわる答えをきっと与えてくれる手掛かりが、あそこには一つや二つあるはずだ」

ダークは車を発進させた。「キラニーはどの方向ですか?」

「この道をしばらく真っすぐ行ってくれ。やがて東へ曲がり、スリアブ・ミスを背にする。ケリー州の美しい眺望を抜けて、およそ五〇キロ行ったところにある」

ダークはその狭い通りに乗り入れるさいに、密生した生垣の背後に銀色のアウディが停まっているのを見落とした。その隠れたセダンはトラリーから見咎められずに尾行を続けていた。運転手は車を発進させて道に乗り、ダークの車の視界のすぐ外から後をつけた。

42

さり気ないビュッフェスタイルの朝食が館の円形会場に設えられ、エバンナ・マキーが招いた裕福で権力者でもある客たちで満ちあふれていた。ピットとローレンは壁際の静かなテーブルを見つけ、ネス湖で獲れたスモークサーモンをベーグルとコーヒーと一緒に味見をした。

オードリー・マキーは動き回って挨拶を交わし、彼らのテーブルにも忘れずに立ち寄った。「おはようございます」彼女は艶やかに微笑みながら話しかけた。「昨夜はよく休めましたか?」

「死んだように」ローレンは言った。「まだ少しぼんやりしていて、すっきりしない感じ」

「しっかり朝食を摂れば、きっと直りますでしょう。少なくとも、そう願っています。セミナーと演説満載の忙しい一日になりますので」彼女は身を乗りだして囁いた。

「スペインの首相のお話は聞き逃したくはないでしょう。とても力づけられる話になると思いますよ」

「楽しみにしています」

「それにピットさん」彼女は訊いた。「今日はどのような予定ですか?」

「ちょいと釣りを湖でするつもりです。ボートはドラムナドロキットの道の先で借りられるようです」

「なるほど。湖上の陽気はさぞかし素敵なことでしょう。新鮮な魚を台所へ持ってきていただけるのではないかしら」

「せいぜいやってみます」

「では、幸運を。ローレン、あなたが間もなく食堂で私たちに参加してくださるのをお待ちしています」

オードリーがほかの招待客をもてなしに遠ざかっていくと、ローレンはテーブルの上に身を乗りだし、声を潜めて話しかけた。「知らなかったわ、魚釣りをする辛抱強さがあなたにあるなんて。たとえ休暇であっても」

ピットはざっと部屋を見回した。盗聴装置があるのではと訝しんだのだ。「すべて獲物しだいさ。このあたりの水辺には大物が潜んでいるとにらんでいるんだ」

ローレンは首をふった。「だけど、怪物だけは持ち帰らないでね」彼女はぎこちなく立ちあがるとピットに背を向け、食堂へ移動するほかの女性たちに加わった。珍しく、彼女は夫に別れのキスをしなかった。

ピットは懸念を募らせながら、去っていく妻を見つめた。ローレンは時間が経つにつれ、ますます素っ気なくなっていた。オードリーが現れてローレンの片方の腕を摑んで、廊下の奥のほうへ連れて行ってしまった。マキーの娘は振り返り、彼に得意げな笑いを投げかけた。彼は二人が立ち去るのを見つめながら、彼自身軽いめまいを覚えたが自分の本能を信じることにした。コーヒーの匂いを嗅ぐと、それを飲み干さずに下におろした。彼は自分たちの部屋に戻ると、上着と車のキーを手にとった。

廊下には人気がなかったので、あたりを一眺めしてくることにした。彼らの部屋は館の裏手の角にあった。彼は湖面に面した廊下を歩いていった。いずれのビュースイートにも、スコットランドの氏族にちなんでつけられた部屋の名前がドアの真鍮板に明示されていて、湖を見下ろす小さな窓で仕切られていた。似たような部屋が内側の壁沿いにも並んでいて、どの窓も中央の中庭に向かって開けていた。

ピットは反対の角に向かった。そこで廊下は向きを変えて正面の円形広間へと伸び、途中で食堂の横を通っていた。角の近くで、彼はなんの標識もない側面の一枚のドアの前で立ちどまった。取手を試してみるとドアは開き、カーペットを敷いた階段が下の階へ通じていた。薄暗い照明が行く手を照らしており、ピットは地下へ下りて行った。

カーペット敷きの階段はやがて、何世紀も使われてすり減った分厚い板張りの床に取って代わられた。間仕切りのないがらんとした部屋は薄暗く、温められてはいなかった。ピットは片側に大きく積み上げられたカシの樽（たる）を見て納得した。その背後には、ワインのボトルがびっしり詰まった木製の棚が一列にならんでいた。一本取りだしてかぶっている埃を吹きのけると、声に出してラベルを読んだ。「〝シャトー・ラフィット・ロスチャイルド、1961〟。お見事、ミスター・マキー」

ボトルを元に戻すと、ワインの棚の横を通って、側面にある暗い部屋へ向かった。手探りで壁面のスイッチを探し照明を点（つ）けると、クルミ材の羽目板やホッキョクグマの毛皮の敷物で飾りたてられた穴倉が照らし出された。湖で獲れたのだろうが、二尾の大きな鮭が表装されて戸口の上に飾られていた。一対のウイングバック・チェアーが部屋の中央に、側壁に向かって置かれてあった。

部屋に入っていきながら、ピットは側壁に博物館クラスのさまざまな遺物が展示されていることに気づいた。最大の見物はガラスのケースに入った古代のフロックコートとキルトで、埃と血にまみれていて、一七四五年のジャコバイトの叛乱（はんらん）の際のハイランド地方の叛徒の物と明示されていた。短剣、槍、それにラッパ銃が、その隣に並べられていた。その下の小さな名札には、アンガス・マキー、カロデンの戦い（ジャコバイト軍とグレートブリテン王国軍との戦い）と謳（うた）われていた。

左右いずれの側にも、中世の戦斧（せんぷ）から一八世紀の決闘用のピストルに至る、印象的な古いさまざまな武器が展示されていた。ピットは丁寧に彫刻をほどこされた、銃剣を装着したフリントロック式ボーディング・ピストルに見惚（みほ）れた。展示してある木製のケースは、ワインと同じように埃まみれだった。誰もこのコレクションをかなりの間鑑賞していないのだ。

ピットは照明を消して書斎を後にした。その先で幅の広い廊下は右へ折れ、館の正面へ向かっていた。彼は空の物置数室と暗い部屋を二部屋通りすぎて、両開きのドアの前に出た。鍵（かぎ）が掛かっていた。

ピットは引きかえし、最初の部屋に入っていった。豪華に飾りつけられた幹部用の憩いの間で、贅沢（ぜいたく）な羽目板、ペルシャ絨毯（じゆうたん）、それに大きなマホガニーの机が彩（いろど）っていた。周囲の壁には歴史的な女性、クレオパトラ、ジャンヌ・ダルク、エリザベス一世などの肖像画が並んでいた。奥の壁面には床から天井に届く赤毛の女性の絵が掛かっていて、彼女は刀を振りかざして戦士の一団を率いてローマの軍団と闘っている。

机はきれいで整然としていて、エバンナ・マキーが館の入口でオードリーたちと一緒に撮った写真が一枚飾ってあった。机の引き出しを開けてみた。パリ、ジャカルタ、それにイスタンブールで予定されている会合の日付を書きこんだカレンダーが出てきただけだった。金管楽器の鳴り響く音楽を聴きつけ、彼は自分が食堂の真下にいることに気づいた。

ピットはその部屋を出て隣の部屋を覗きこんだ。ほどほどに飾りつけられたその部屋は機能的な仕事部屋で、標準的な大きさの机が二つ置かれてあって、どちらにも卓上コンピューターが載っていた。

彼は片方の机に近づき、バイオレム社のロゴ入りのバインダーが積まれてあるのに目がとまった。いちばん上のバインダーをぱらぱらとめくっていくと、会社の損益計算書が現れた。別のバインダーには、海運の見積書が収まっていた。

彼の指はあるページをめくり、二隻の船の写真を見たとたんに凍りついた。最初の写真は、船殻が黒くデッキが赤い、見覚えのあるタンカーのストックフォトだった。ピットはその写真を照明にかざして、船体にある名前を確かめた。メイウェザー。二枚目の写真もタンカーだったが、心あたりはなかった。彼はその船名を頭に叩きこんだ。アレキサンドリア。

廊下の先でドアの取手が回る、金属的なカチッという音がした。ピットはバインダーを元に戻し壁際に立った。半開きのドアのすき間から、一人の人間が両開きのドアを通って隣の部屋に入っていくのが見えた。

ピットは留まっているのは止して、静かに廊下に出た。反対の外れへ向かい、武器の部屋の背後に潜りこんだ。角の階段の吹き抜けに向かっている時に、片側に短い階段があることに気づいた。その階段は頑丈な厚板のドアに通じていた。

彼は階段を上ってそのドアを開けた。ドアは小さな船小屋に通じていて、その小屋は館が正対している湖岸に繋がっていた。一隻の均整のとれた黒いスピードボートが狭い船着場に浮いていて、湖からは一対の背の高いドアによって隠されていた。そのボートは小奇麗で常時使用できる感じで、そのキーはイグニッションに下がっていた。ピットはボート小屋を出て、階段の吹き抜けを上って一階へ上り、館から離れた。

玄関を出て、女性警備員の横を通りすぎた。彼女はピットが通りすぎてしまうと電話を手にとった。傷んだミニ・クーパーを改めて起動させながら、ピットは男二人が黒っぽいBMWに乗りこみエンジンをスタートさせたことに目をとめた。彼は玄関を出ると、向きを変えてインバネスへ向かった。

はじめのうちゆっくり走りながらバックミラーを見ると、BMWは館を出て相応の距離を置いて尾行していた。

ピットは相手の車をもてあそんだ。急に加速し、つぎに速度を落とし、尾行している車がそれに倣(なら)っているのを見つめ、彼は一人ほくそ笑んだ。彼はその後なに喰わぬ顔で車を走らせ、アーカート城とドラムナドロキット村を通りすぎ、船着場という標識の出ている脇道へ入っていった。

その道は水際に通じていて、埠頭には小さな船が六艘(そう)繋留していた。ピットが埠頭脇の木造の建物に入っていくと、コーヒー沸かしに水を注ぎ足している背の低い年嵩(としかさ)の女性に出迎えられた。

彼女はピットを上から下まで眺めた。「やっぱり、手ぶらでおいでだ、アメリカの旦那(だんな)。ネス湖の鮭を釣りあげたいのだろう」彼女はしわがれた声で言った。

「まさにその通り」ピットは笑いながら答えた。「だが、できればパイクを一、二尾捕らえたい」

「なるほど、それに大物狙いとおいでなすった。ほんとうに、ガイドは不要なんですね？　たいていの観光客は地元の者と釣りをして、釣果をあげようとするけど」

「今日のところは、魚任せにしたい」

彼女はピットに一目置いてうなずいた。「たいてい、そのほうが上手くいくもんだ。お望み通りあなたのボートには釣道具をぜんぶ揃(そろ)えてありますよ。ここにサンドイッチとコーヒーがありますからね、家(うち)のおごり」彼女は防水の小さいバッグをわたした。

彼女は先に立って埠頭を進み、船外モーター付きの小さいスキフへ向かった。「水の上でどう操作したらよいか知っているね？」

ピットは微笑んだ。「子どものころから」彼がスターターの紐(ひも)を引っ張ると、小さな船外モーターはすぐ作動した。

「ただ風には気をつけてくださいよ、吹きはじめたら」彼女はウインクしながら言った。「いちばんの釣場は、お城の先のようよ」

「なにかとありがとう」ピットは彼女に手を振りながら、埠頭からボートを押しだし湖に乗りだした。木の間越しに本通りに視線を走らせると、例のＢＭＷが道端に停まっているのが見えた。

ピットは汽走で開けた沖合に出て、東のインバネスへ向かった。少し走ってからエンジンを切って、ボートを漂うに任せて仕掛けを作った。彼は疑似餌（ぎじえ）のスプーンを選び、キャスティングと取りこみをはじめた。ＢＭＷが後をつけているのをピットは目撃した。

三〇分ほど時間をつぶしてからモーターを作動させて西へ戻った。ドラムナドロキットに通じる入江の脇を通りすぎて、アーカート城の前で一時間ばかり釣りをしてから、移動をしながらマキー館の水域にたどり着いた。彼はボート小屋のドアを目撃した。城の石壁になじむように塗りあげられていた。彼が館を観察していると、ＢＭＷが頭上の道を彼の船を視野に入れながら滑るように移動していた。

ピットがさらに沖へ場所を変えたところ、気の重いことに、魚が彼のラインに喰いつきはじめた。続けさまに、マス一匹、バスが二匹釣れたので、すぐさま水中へ投げかえしてやった。魚信（あたり）の合い間に、彼は湖の向かいに目を貼（は）りつけていた。対岸には、木立を縫って、研究所が辛（かろ）うじて見えた。ピットにはありがたいことに、潮目がその方向へ運んでくれたので、彼は漂いながらじょじょに近づいて行った。

彼が関心を寄せていたのは研究所より、むしろ沖合での活動のほうにあった。彼が以前に目撃したタンカーは去ってしまっていて、同じ程度の規模の別のタンカーと入れ替わっていた。最初のタンカーと同じように、それは湖岸からわずかな距離に繋留していた。船体に船名はなく、ローマ数字でⅨとあるだけだった。

デッキに作業員が二名認められた。反対側にあるなにか装置を操作していた。一時間後に、その船は錨(いかり)を揚げて湖を南下し、フォート・オーガスタスの町のほうへ向かった。

ピットは釣りを続け、よくファイトする小さめの鮭を一匹取りこんだ。針を外して、魚を船縁(ふなべり)越しに水中に滑りこませながら顔をあげると、別のタンカーがつい先ほどタンカーが航走していった方向から滑るように湖を上ってきた。そのタンカーは小さな赤い浮標に近より、まったく同じ場所に繋留した。こんどのタンカーはXⅦと標記されていた。

ピットは携帯電話を取りだし写真を一枚撮ると、それをワシントンのルディ・ガンに送った。数分後に、ガンからの呼び出しで電話が鳴った。

「そのタンカーはあんたの自宅宛のスコッチウイスキーを運んでいるのかな?」ガンが訊いた。

「あんたはハイアラムのあたりをうろつき過ぎだ。それに、お門違いだ。なにを運んでいるにせよ、そいつをオンザロックスで飲むのは遠慮する」

「この写真はネス湖で撮ったのだね？」

「五分ほど前に」ピットはパーキンズとの面談と、隠された研究所を発見したいきさつについて説明した。「これらのタンカーを偵察衛星で調べて、どこへ向かっているのか確かめてもらえないだろうか？　彼らはネス湖から、フォート・オーガスタスにあるカレドニアン運河経由で大西洋に入っているはずだ」

「外洋船なのだろうか？」

「そうらしい。船名は明示されておらず、ローマ数字のみ」

「ハイアラムを捕まえて、どんな手が打てるか当たってみます」ガンは言った。「あの地域のバックトラック・イメージングは頼りないが、今後の映像なら押さえられます」

「もうひとつ」ピットは言った。「アレキサンドリアという名前で、マルタ島を出港したタンカーの船歴を引き出せないだろうか？」

「アレキサンドリア号？」

「あんた知っているのか？」

「そうなんです。数か月前に、アレキサンドリア号は小型の石炭運搬船とカイロ近くのイスマイリア運河で致命的な衝突事故に巻きこまれた。乗組員は全員死亡し、化学薬品の流失が発生。あなたのバイオレム・グローバルの友人たちが現地で浄化に当たった」

「その船の文書をマキーの部屋で見つけたんだ。メイウェザー号のと一緒に。それによると、二隻の船は衝突し乗組員は全員命を落としている」

「状況はそれよりずっと悪いらしい。ハイアラムと私は、カイロやデトロイトでの事件と同じような産業水路事故に重大な一つのパターンがあることを見つけた。いずれの事故にも、バイオレム・グローバルが最終的には現場に現れ、自社製の水性微生物を放出している。さらに、いずれの場合にも、コレラに似た病気が発生し、地元に死者が発生している」

「コレラ？　おそらくそれは、エル・セロン・グランデの水に含まれていることだろう」

「厳密には」ガンが説明した。「真正のコレラではないが、そのもっと悪質な特性を持っている何物かである。われわれは世界中で最近、容易に説明のつかない病が多数発生していることを突きとめた。もっと悪いことに、ＣＤＣは各地から送られてきた水のサンプルにまったく同種のバクテリアを見つけている。それは彼らがこれまで出会ったことのない病原体であるし、それが何故にわかに広い範囲に拡散したのか説明できないと言っている。ハイアラムと私はほぼあらゆる事例において、バイオレム・グローバルがその近くで作業していたことを突きとめた。われわれはこの病のために、エルサルバドルのすぐ向こうで無数の子どもたちが命を奪われたものと見なしている。CDCは問題の病原体は突然変異をしてずっと致命的な型になる恐れが高いと考えているし、それが制御不能な世界的な疫病になりかねないと案じている」

「デトロイトで疫病が発生しているのか？」

「死者や疾病は報告されていないが、CDCがある市の水を検査し似たような病原菌を見つけたばかりです。デトロイトはその飲料水の大半を、まさにメイウェザー号が沈没した下流域から引いていることが判明している」

「それに、まさにバイオレム・グローバルがそのバクテリアを散布した下流域から」ピットはつけ加えた。「おそらくマイク・クルーズは、彼らが自社の製品をデトロイトの水道施設に注入していることに気づいたのだろう」

「それはわれわれがNUMAの研究所でテストした病原体とはきっと別物でしょう」ガンは言った。「まるで訳が分からない。彼らは環境事件を起こして、売り上げをあげようとしているのだろうか？　それに、なぜ彼らは自社の製品が本当にそんなに危険なのなら、給水施設に流入するのを許しているのか？」

「自然発生的な事故や天災には事欠かないので、彼らの金庫はいつも膨らんでいる。

なにかほかに理由があるに違いない」

「それが何なのか、思い当たる節でも？」

ピットは頭上の通りに停まっているＢＭＷから対岸にある隠された研究所へ視線を転じた。「手掛かりはない」彼は答えた。「しかし、突きとめるつもりだ」

43

トラリーから南へ車で走ること三〇分、ダーク、サマー、それにブロフィーはリーン湖の湖岸に近い観光の町キラニーに着いた。ブロフィーは二人を町の中心へ案内し、ダークに指示して車をビクトリア時代の堂々たる灰色火山岩造りの教会の前に駐車させた。回りを取り囲む鉄製の柵の奥の標識には、キラニー・フランシスコ修道院と謳われていた。

「アイルランド初期のもっとも貴重な記録は、キリスト教の教会や修道院に保存されている」ブロフィーはみんなと連れだって敷地に入っていきながら言った。「この地域の教区の記録や歴史は、現在はダブリンの公文書館に収められている。しかし、キラニーの善良なるフランシスコ会は、収集した古代の貴重な文書を手放したことがない。ファルコン・ロックを調べるのには格好な場所のはずだ」

ブロフィーは教会のほうを向いた。堂々たるステンドグラスの窓が前庭に面していた。正面の入口の脇を通りすぎて、彼はダークとサマーを協会の正面の反対側にある二番目の戸口へ案内した。

彼らが中に入っていくのと同時に、銀色のアウディが修道院の前に停まった。後部座席のリキ・サドラーはタブレット・コンピューターから顔をあげた。「GPSはここで停まれと指示しているわ」

「彼らの車を目撃しました」女性の運転手は道の前方を指さした。

「駐車する場所を見つけて」リキは命じた。「彼らは教会の中にいるはずよ」

修道院に入ったダーク、サマー、それにブロフィーは受付へ向かった。そこには若い男が座っていて、フランシスコ会伝統の茶色のローブに身を包んでいた。

「トーマス修道士はおいでだろうか?」ブロフィーは訊いた。

「ええ、あなたの右手の最初の部屋です」

彼らは廊下を歩いて行って、神学の本で溢れかえっている小さな部屋に入っていった。年嵩で髭をたくわえ眼鏡を掛けた男が、机の上にかがみこんで寄付の報告書に目を通していた。

「われわれの自己紹介させてもらってかまいませんかな、トーマス修道士?」ブロフィーは声を掛けた。

「なんだ、エイモン・ブロフィーじゃないか」彼は立ちあがり、ブロフィーがダークとサマーを紹介すると握手した。

「あんたにキラニーで会うのはずいぶん久しぶりだ」トーマスは言った。

「私は隠居しようと思っているのだが、この若い人たちがまだそうさせてくれないのだ。彼らはアイルランドには探しあてるに値する、あるファラオの娘が住んでいたと信じているらしいのだ」

「ああ、そうとも、われらが移住したエジプトの王女の話。古くから伝わる伝説で、私は常になにがしかの真実味があると思っている」

ブロフィーは自分たちが墓地で見つけたことを説明し、サマーが両手で持っている影像に向かってうなずいた。「われわれはあなたがファルコン・ロックに係わりのある、なにか初期の地名の記録を持っているのではと期待をかけているのだが」

「確かに持っています。目下われわれは保管している記録をぜんぶデジタル化中で、ファイルはまだ整理されていない。だから、蔵書を閲覧するほうが簡単だろうと思う」

修道士は一行を敷地の裏手にある一戸建ての小さな建物へ案内した。肌理（きめ）の粗い石造りで屋根は高い切妻、ドアは分厚い木製で、その荒削りな佇まいは一九世紀の建造物である修道院よりはるかに古いことを示唆していた。

「図書はここに保管してある」トーマスは知らせた。彼は頑丈な合鍵を古めかしい鉄の錠に差しこんだ。「この建物は当地で最初のフランシスコ会の穀物倉庫として建てられた。いまだに、木製の床に食いこんだ種子を見つけることがある」

部屋の中は狭く天井が高く、床は厚板張りだった。天井のすぐ下にある左右の一対の小さな窓が、わずかに天然の陽光をもたらしていた。トーマスが時代物の二つのシャンデリアのスイッチを入れると、部屋が柔らかい黄色い光に満たされた。その光に両側の壁面を埋めつくしている、本がぎっしり詰まった本棚が照らし出された。部屋の中央には、読書用テーブルが二脚収まっていた。

「人によっては息苦しく感じるようだ。私は落ち着けると思うが」修道士はみんなを中に誘い(いざな)ながら言った。

「あなたのおっしゃること分かりますわ」サマーは言った。彼女は戸口の頭上高く吊るされている大きなプーリーホイールを見つめた。「穀物倉庫の名残ですか?」

「まさしくその通り。この建物は、かつては二階建てだったのです。プーリーは冬に備える干し草の梱りや穀物の袋を運びあげるのに用いられた」

修道士は奥の棚の一つに近づいた。「われわれのもっとも初期の歴史は後ろのここにある。地名の辞書がどこかこのあたりにあるはずだ」彼は本の列に指を走らせ、褐色の革ぐるみの大きな本で指を停め、その本を棚から取りだした。

「トーマス修道士?」戸口で、若い助手が敷居越しに首を突きだした。「大司教区との会議が五分後にはじまります」

「ああ、そうだ。ありがとう、ロバート」トーマスは本をサマーにわたした。「どうぞ、ご自分で蔵書に当たってください。必要な時は、コピー機は受付にあります。私は一時間もあれば解放されるはずです」

「ありがとうございます、修道士様」サマーは言った。「慎重に扱います」

トーマスはドアを半開きにして錠に鍵を挿したまま、ロバートについて自分の部屋へ引きかえした。サマーは腰を下ろし例の本をひろげるとブロフィーを見あげた。

「あなたにこの本を検討していただきたいのですが。ゲール語なんです」

「心配など無用」彼はサマーの隣に座った。「ファルコン・ロックがこのあたりに見つかるか調べてみよう」

二人の背後で、ダークは本棚に細かく目を走らせタイトルを吟味し、埃っぽい本を一、二冊取りだしていた。大半はゲール語で、キラニーとその近隣の歴史を取り扱っていた。彼はアイルランドの動物相に関する英語で書かれた本を見つけ、それをテーブルへ持っていった。

「よし、南のキルガーバン近くにファルコン・フィールドがある。それに、ファルコン・コーブが北寄りのバリーロングフォードにある」ブロフィーは知らせた。「しかし、どちらも海に近くはない」

「これは役に立ちそうだ」ダークが本を読みあげた。「ペレグリン・ファルコン（ハヤブサ）はアイルランドに広く生息している。この猛禽類の鳥は沿岸の断崖や岩山に、とりわけ温暖な数か月に好んで住む」

「なるほど」ブロフィーは自分の本の頁をめくっていった。「残念ながら、ペレグリンへの言及はまったく見あたらない」

「象形文字の翻訳には解釈の余地がありそう」サマーが言った。「それはカラスの可能性がある。あるいはファルコンが住んでいる高い断崖を意味しているのかも」

ブロフィーはその種の記述を探し、開いたある頁を指さした。

「セイレク！」彼の垂れさがった目が輝いた。「セイレクとは古いアイルランド語で切り立った岩ないしは岩山、あるいは先の尖った石の裂片を意味する」

「それは沿岸の断崖と関係があるのでしょうか?」サマーは訊いた。

ブロフィーはうなずいた。「現代の用語ではスケリッグ。ケリーの沖合にスケリッグスと呼ばれる有名な一対の島がある」

ダークは自分の本に向き直った。「その名前がペレグリン・ファルコンの項目に出ています」彼は指でその頁を追っていった。「ここだ。〝スケリッグ・マイケル島はペレグリン・ファルコンが海岸沿いに巣を作る場所ないしは高所営巣地としてもっとも知られている地域の一つである〟」

満面の笑みがブロフィーの顔に広がった。

「そこが探している場所かしら？」サマーが訊いた。

「スケリッグ・マイケルは険しい聳え立つ岩山で海から突き出ている。同時に、アイルランドでもっとも謎めいた場所の一つでもある。うっかり忘れていた。〝侵略の本〟はメリトアテンが不可思議な嵐（あらし）のために、問題の島で難破して息子二人を失ったと述べている」

「どうやらそこらしい」ダークが言った。「メリトアテンの息子たちがすでにこの島で命を落としていたのなら、彼女が彼らと一緒に埋葬してもらうことを望んだ可能性がある」

「その島はどこにあるのですか？」サマーが訊いた。

答えは返ってこなかった。部屋の奥でテーブルを囲んでいた彼らは、誰もドアが静かに開けられたことに気づかなかった。黒メガネの男が現れ、大きな物を部屋に投げこんだ。ドアは音高く閉ざされ、鍵が掛けられた。その音に振り返った三人は、大きなガラス製のビンが天井に向かって弧を描き、細い燃えさかる芯（しん）を黄色い尾のように引きながら落下するのをわずかに目撃したにすぎなかった。

そのビンはドアから数メートル先の床にぶつかって砕け、ガラス、煙、さらには炎が舞いあがった。ビンの中身はガソリン、粉砂糖、それに洗濯用漂白剤で手早く作った混合物で、粗製ながらナパーム爆弾の効果をあげるのが狙（ねら）いだった。粘着性の溶液は四方に飛び散り、べたつく火の玉は床を走り本棚を襲った。

サマー、ダーク、それにブロフィーはじかに取りつかれるのは免れたが、部屋の前方がにわかに燃えあがるのを呆然と見つめた。

「私はドアへ向かう」ブロフィーは叫んだ。彼はツイードの背広を頭にかぶり、ダークの横を駆け抜けた。黒い煙の中に姿を消し、ドアにたどり着いた彼は鉄製の取手を握りしめた。押しても引いても、なんの効き目もなかった。鍵が掛かっているのだと気づき、ドアを叩き叫んで助けを求めたが、ドアは分厚く一〇センチほどあった。

煙を吸いこんだために眩暈がはじまり、彼はよろめきながらうしろへ退いた。逞しい腕が彼の襟をつかみ、部屋の奥に引きずり戻した。彼はテーブルの上に倒れこんだ。ダークは彼を離し、自分の衣服の燻っている個所を叩いて消した。煙が空中を満たしはじめた。

サマーは咳きこみながらダークの腕を握りしめた。「閉じこめられてしまったわ。どうしよう？」

ダークは天井を指さした。

燃えたつ炎の音のせいで聞きとりにくかったが、彼の言った妙な言葉を聞き違えようはなかった。

「干し草の梱りのようにやってのけるさ」

44

黒い煙の束がうずを巻きながら石の屋根から立ちのぼったが、建物が敷地の奥まった場所にあるせいで、修道院の者は誰一人気づかなかったらしい。部屋の中では、煙は霧のように分厚く、刺激臭が強く肺に焼きついた。

ダークとサマーは、ブロフィーを部屋のいちばん奥まで引きずっていって床に座らせた。

ブロフィーは咳きこみ、手を振って二人を立ち去らせようとした。「私は放っておいて、自分たちを護りたまえ」

「彼と一緒に床にへばりついて煙を避けろ」ダークはサマーに向かって怒鳴った。

ダークはテーブルを引っくり返してささやかながら熱気を遮断すると、スライド式のシェルフ棚に近づいて行った。本棚はみな高さが三メートル以上あって、アーチ型の天井はさらに一・五メートル上にあった。彼は本棚をよじ登り、その上に身体を引っ張りあげた。

煙が部屋の頂点に集まるいっぽうなので、ダークの目はほとんど利かなかった。かがみこむと、手探りで壁際の本棚を進んでいった。煙は逆巻きながら天井へ立ちのぼり、彼の目は赤く腫れあがってしまい物を見分けることはほとんど不可能だった。空気は熱くなるばかりで、バーベキューの下手に立っているのに似ていた。

熱風は波状的に沸き立ち、ダークの息を奪い取った。彼は並んでいる本棚をよろめきながら進んでいき、最後の本棚から落ちそうになったので跪いた。

正面の壁とドアはまだ一メートル三〇センチほど前方の、しかも彼の下にあった。しかし彼は下ではなく上に目を向けていた。

大きな錆びついたプーリーが天井中央の梁からドアの上に懸かっていた。そのすぐ先に、彼は煙をすかして目を凝らし、いまもあってくれと願っている物の姿を求めた。それはあった。前面の壁に取りつけられた丈の短い観音開きの厚板のドアで、それは穀物倉庫の上の階に通じる出入口であり通気口だった。今度は、いまも開くことを願った。彼が下ろしたいのは穀物ではなかった。

彼は身体を起こすと、すばやく前方に一歩踏み出し本棚から跳んだ。左右の長い腕をプーリーめがけて伸ばし、両手でプーリーを難なく握りしめた。プーリーは熱かった。下の火はもっと熱かった。ダークは脚を前後に振って惰性に弾みをつけた。前方に両脚を振りあげ、小さな両開きのドアを蹴った。脚は跳ね返され、ドアはがたついただけだった。彼はまた脚を振りだしてもう一度蹴った。結果は同じだった。

いまさら自分の行動の妥当性を問題にしても遅すぎた。もしもドアが開かなかったなら、火の海に飛びこむ憂き目を見るのは避けがたい。何度も脚を振りまわしてドアを蹴っているうちに、彼の腕は痛みだした。熱気と煙は強烈で、ダークはほとんど見ることも息をすることもできなかった。彼はもう一度、全体重を前方へ投げだして脚を蹴りだした。

すると、ドアが音をあげた。ひびが入ったり裂けたりしたのではなく、大きな音とともに蝶番から外れて飛びだしそうになったのだ。

ダークは跳ね返りながら一陣の爽やかな風を感じた。あらためて身体を前へ振りだし、プーリーを走らせた。両脚と上半身が戸口を滑り抜けると、両腕で身体を固定した。彼はドアの下の桟を握りしめて建物の前面にぶら下がり、手を離して落下した。

彼は足の拇指丘で着地し、横転して落下の衝撃を和らげた。トーマスの助手が駆け寄ってきた。

「何事です?」ロバートはダークを見つめた。

ダークの顔は黒く、その衣服は燻っていた。彼は図書室のドアに駆け寄った。錠が外から掛かっていて、鍵がいまは無くなっていた。

「鍵だ!」彼は叫んだ。「もう一つ持っていますか?」

ロバートは呆然と彼を見つめ首をふった。

「助けを呼んできてくれ！」ダークは怒鳴り、猛然と走りだした。あたりを見回した彼は、小型の白い車が敷地の向こうの外れの駐車区画に入っていくのを眼にとめた。芝生を走り抜けて、彼は駐車しようとしているその車を目指した。若いエプロン姿の女性がキーの束を持って車から出てきた。ダークは咳きこみながら、黒く煤けた顔で近づいて行った。

「失礼、ミス」ダークは彼女が握っている鍵を引ったくり、車のドアを開けた。「火事です。あなたの車を拝借します」

女性が喘ぎながら後ずさる間に、乱入者はハンドルの向かいに飛び乗り車を発進させた。トランスミッションをリバースに入れ、ダークはアクセルを床まで踏みこんだ。車は軋りながら後退した。彼はブレーキを掛け、向きを変えて前進し、弾みながら縁石を乗り越え芝生に乗り入れた。なにかずしんと音がして、排気音が唸りをあげだした。バックミラーを覗くと、車のマフラーとテイルパイプが縁石に接触していた。

ダークは自分が小さなフィアット500のハンドルの前に座っていることにふと気づいた。助手席には教会のベイクセールのためのストロベリーパイが積み重ねられていた。前方では、黒い煙が図書館の屋根から吹きだしていた。少数の人が群がり集まっていた。遠くでは消防車のサイレンが鳴り響いている。

ダークはエンジンを駆動し続けて、フィアットを教会の片隅へ向かわせた。出力が頂点に達したと見当をつけると車を右にふった。小さな車は芝生の上を滑るように過ぎり、牽引力を得て図書館に通じる道に乗った。ダークはアクセルペダルを床まで踏みこみ、ハンドルに身体を添えて身構えた。

フィアットは戸口よりほんのわずか幅が狭く、分厚い木製のドアに真正面から突っこんだ。車のフロントは押しひしがれ、ダークは一挙に膨らんだエアバッグの中に投げこまれた。頑丈なドアは一瞬何事もなく立っていたが、やがて古い蝶番が力負けし、ドアは床に倒れこんだ。

口を開けた戸口の先は燃えさかる火炎地獄だった。ダークは胸部の痛みを振りはらい、フィアットがいまだにアイドリングしていることに気づいた。彼がアクセルを踏むと車は前方に滑りだし、フロントタイヤはひしゃげたホイールウェルに擦れた。

倒れたドアを踏みつけて、ダークは図書館に乗りこんで行った。最初の三メートルは火の中を縫う走行で、炎の中から彼は現れた。こんどは濃い煙の中にゆっくり入っていき、引っくり返されたテーブルの前で彼は停まった。ホーンを鳴らし息を殺した。一瞬後に、黒ずんだ人影が二つ、テーブルの端から覗きこんだ。

ダークはエアバッグを叩きつぶし、這いずって二人の横へ行った。

「消防車……のほうが……もっとよかったのでは」サマーが呟きこみながら言った。

「このドアを通れっこない。構わんだろうね、同じ座席に二人で座ることになるが」

ダークはブロフィーを助手席へ導いた。サマーは身体をすぼめてダークと一緒に乗りこんだ。パイの山はいまやストロベリー、パイ皿、それに押しつぶされた箱になってしまっていた。ダークはまたハンドルを握り、車をバックさせて、煙と炎を通り抜けて芝生の上に出た。

キラニー消防署が、その直後に到着した。彼らはホースを近くの消火栓に繋ぎ、図書館を水浸しにした。救急隊員は三人が煙を吸いこんでいないか調べ、念のため酸素吸入を施した。トーマス修道士が、石垣に座りこんで消防隊員たちを見つめている彼らのほうへ近づいていった。

「やれありがたや、みんな無事で。誓って私は、ドアの錠は開けたままにし、鍵は挿しておいた。なんとも申し訳ない、みんなを閉じこめてしまって。どうして火事になったのだろう?」

「放火だよ」ブロフィーが知らせた。「何者かが、特大の火炎瓶をわれわれが喜ぶと思い、火炎瓶と一緒にわれわれを閉じこめた」

修道士の顔は青ざめた。「放火? まさかそんな。どんな男か目撃したのですか?」彼はあたりを見回し、集まっている者たちの顔をつぶさに観察した。

ブロフィーは首をふった。「われわれはドアに背中を向けていたので」

「私たちのせいかもしれません」サマーが言った。「私たち今と同じ線上の調査中に、エジプトで襲われたんです。彼らが私たちをここまで追ってきたに違いない」彼女がダークのほうを向くと、彼が同意の印にうなずいた。

「いったい誰が埃まみれの古い本のために、あなたたちを殺そうとするのです?」トーマス修道士は訊いた。「それに、何故?」

「何者なのか、私たちには分かりません」ダークが答えた。「しかし彼らはきわめて明白なメッセージを送ってよこしています。理由は分かりませんが、彼らはわれわれがメリトアテンを見つけることを望んでいない」

サマーがブロフィーのほうを向いた。「あなたを危険に巻きこむつもりは、私たちには毛頭なかったんですよ、教授。ダークと私で、この先続けられます」

ブロフィーは立ちあがり、行ったり来たりしはじめた。「とんでもない、ああいう卑怯(ひきょう)な連中のために、この私が怯(ひる)むわけがあるまい。いいかな、彼らが一戦交えるのを望んでいるなら、応じてやろうじゃないか。われわれを止めてみるがいい」

サマーは微笑んだ。ブロフィーは彼女のほうを向きウインクした。「それに、彼らはちょいと手遅れだ。われわれはすでに王女の所在地を突きとめる鍵を握っている。スケリッグ・マイケル」

消防士たちはようやく放水を打ち切った。トーマス修道士は戸口に近づき中を覗きこむと首をふった。回りの壁と天井は生き残っていたが、室内は無残な状態だった。焼け焦げた黒い大量の残骸が、部屋の前面を埋めつくしていた。奇跡的に、裏手の本棚は依然として立っていて、本は多少煤けていたが水の被害はごくわずかですんだようだった。

サマーは戸口の彼に寄り添った。「申しわけありません、蔵書が傷められて」

「蔵書の稀覯本は助かったようです」トーマスは奥の無傷ですんだ本棚を指さしながら言った。「失われたのは現代の教区の記録だけのようですし、それらはデジタル・ファイルで保管されている」彼は思い返しながら天を仰いだ。「神に感謝します。ずっと悲惨な結果になっていたかもしれない。あなたたち全員を失いかねなかった」

修道士は汚れを落とすために彼らを本館へ案内した。サマーとブロフィーは協力してくれた修道士にお礼を言い、引き揚げる段になって、ダークが消えてしまったことに気づいた。彼は外にいた。怒っている若い女性のもとから、彼は離れつつあった。浮かぬ顔をして、押しつぶされたパイの箱を持っていた。

「ベイクセールを手伝っているんだ?」ブロフィーは声を掛けた。「親切な若者だ」

「そんなとこです」とダークは応じた。「これは取引の一部です」

「取引？」

「いましがた車を一台買ったのです」

「ではなぜ、そんな仏頂面をしているのだね？　嬉しいはずなのに」

ダークはひしゃげたフィアットを指さした。「それはないね、しょせん運転できない車なんだから」

45

黄昏時(たそがれどき)近くに、ピットは釣り船をドラムナドロキットへ向けた。彼はマリーナの婦人に礼を言い、借りた釣り道具代としてチップをわたした。車へ戻っていきながら、黒いBMWが高みの道に駐車しているのを無視しているふうに装った。それは一日中、湖を上下しながら彼を追い回していた車だった。彼は湖岸のほうへ折れ、マキーの館へ向かって車を走らせた。

館に近づくと、彼はすぐさま入口のかなり手前で道から外れて車を停めた。尾行していたBMWは不意をつかれ、やむなくピットと館の横を走りすぎ、つぎの角を回って停まった。ピットは歩いて警備員の所へ行き、自分の車を指さした。

「軽い事故を起こしてしまった。牽引車が今夜曳いて行ってくれるはずだ。係員には館のすぐ外で拾ってくれと言っておいたので」

警備員は車を見やってから、視線をピットに戻した。「分かりました、サー。あそこなら安全です」彼女は身振りでお通りくださいとピットに伝えた。

門の中に入ったピットは、駐車区画がほぼ空なことに気づいた。正面玄関では、スーツケースを持った少数の女性が立ち去ろうとしていた。彼は自分の部屋へ向かった。ローレンは鏡の前でメイクアップをしていた。

「あら、お帰り」彼女は素っ気なく言った。「私たち二〇分後に、ミセス・マキーと夕食をすることになっているの」

「みんな引き揚げているようだ」ピットは言った。「もう一日会議があるのだと思っていたが」

「新しい出席者たちだけが、もう一日滞在するよう招かれたの」

ローレンの声には日頃ない固さがあったし、その目は生気が乏しい感じだった。

「気分はいいのか?」彼はローレンを抱きしめた。

彼女はすぐさまピットを払いのけた。「いままでよかったのだけど」彼女は叩きつけるように言った。「あなたも早く用意したほうがいいわよ」

ピットは案じ顔で妻を見つめたものの、それ以上なにも言わなかった。彼は手早く身体を洗い、スポーツジャケットを着こんだ。彼らは連れだって正餐室へ歩いていった。テーブルが一つ夕食のために設えてあって、中庭を見下ろしていた。マキーとオードリーがアビゲイル・ブラウンと、それぞれに飲み物を持って立ち話をしていた。マキーの連れの背が高いレイチェルは、背後に立ってピットを観察していた。

ローレンがピットを元オーストラリアの首相に紹介していると、召使いが二人にシャンパンを勧めた。マキーはみんなをテーブルへ急がせ、ピットと向かい合わせの上座（かみざ）に座った。

「飲み物は控えめにするよ」ピットは席に着きながらローレンに囁いた。彼女は首をふりシャンパンをすすった。

「あなたのほかの娘さんは、今夜どこにいるのかしら？」ブラウンがマキーに訊いた。

「リキはある仕事の件でアイルランドへ飛びましたの」マキーは注意をピットのほうに向けた。「あなたは今日、釣りの腕前を試したのですよね。ついていましたか？」

「何度か喰いつきましたが、キープするほどの大物ではありませんでした。水上にいるのは楽しかった。この湖はなんとも興味深い」

「亡き夫は釣りが好きでした」彼女は言った。「彼はなにやら記録物のサーモンを地下室に飾っています」彼女は射抜くような眼差しでピットを見つめた。

彼はマキーを見つめかえした。「拝見したいものだ。あなたのご主人は、湖でのボート事故で亡くなられたのでしたね」

「ええ。あの人はイタリア製の快速艇を持っていて、高速で走り回るのが好きでした」彼女はまるで天気の話でもするようにさり気なく言った。「荒波にぶつかって、船が横転したと見なされています」

「なんとも不運なことだ。高潔で知的な方だったと伺っております」

召使がまた現れて、スモークサーモン・サラダを各自の皿に取り分けた。ピットとマキーがテーブルの両端を挟んで話している間、他の女性たちは気づまりなほど黙りこくって料理をつついていた。

「フレイジャーは本当に頭脳明晰な人でした。彼は科学、考古学、それに戸外活動を愛していました。ですが、大半の男性の例にもれず、彼には欠点もいくつもありました」

ピットはオードリーがうなずくのに気づいた。「展示されている何点かの人工物に、私は目をひかれました」彼は言った。「彼は古代エジプトを含む考古学を愛していたのでは？」

マキーは無意識のうちに、首からいつも下がっているカルトゥーシュを撫ぜた。

「父はエジプト関連のあらゆる物に魅せられていました」オードリーが答えた。「彼はあの地での考古学的な発掘を好んで訪ね、参加していました」

「あの人はあの地の砂漠での調査から刺激を得ていました」マキーがつけ加えた。「彼に提供したそうですね。パーキンズ博士から聞いたのですが、あなたは分析用の水のサンプルを」

「ところで、パーキンズ博士から聞いたのですが、あなたは分析用の水のサンプルを彼に提供したそうですね。サンプルに変わったものはなにも含まれていなかった、と彼は言っているようですが」

「私は聞いておりません」

「彼はエルサルバドルのサンプルだと言っていました」

「ええ。セロン・グランデの。サンサルバドルに近い貯水湖です。あなたの会社は、あの近くの金鉱山でなにかお仕事をしておられるようですね」

「私たちは世界中で事業を展開しております」マキーは尊大な口調で答えた。「あなたは水のサンプルからなにを探そうと思っていらっしゃるのかしら？」

「近隣の村で死んだ数人の子どもの死因解明になりそうななにかを」

「悲しいけど、開発途上国ではあまりにも頻繁に病が発生する。地方の浄水は必ずしも万全ではありません」

「お宅の製品が有害な影響をもたらさないように、どのような対策を講じておられるのですか？」ピットは訊いた。

「私たちは自社製品の徹底したテストと監視を常時おこなっております。現に、わが社の事業の大半は、淡水より海洋で展開されています。わが社の微生物は、ブルーチーズの塊に発生した細菌と同様に無害です。きっとあなたには、NUMAの長官として、私たちが講じている海洋保護策を評価していただけることでしょう」

「全面的に」ピットは言った。「湖の対岸にあるのは、お宅の研究所ですか？」

冷静さがマキーの顔から消え、テーブルを熔かしてしまいかねない発作的な怒りが取って代わった。まさにまぎれもない錯乱の表情だ、とピットは思った。一分近くたって、彼女は落ち着きを取りもどして答えた。

「わが社の施設がいくつかインバネスにありますけど」マキーは低いざらつく声で言った。

テーブルは静まり返った。アントレーが出された——蒸したラムの脛肉にオオムギとローズマリー、それに根菜類添え。

ローレンは強張った雰囲気を一掃しようとした。「とても美味しいわ」

「ああ、実にうまい」ピットはマキーのほうを見つめた。「ご親切に、ほかのお客様が帰られたのに、もう一晩泊めていただきまして」

「私たち、新しい出席者には余分に一日お泊まりいただきたいのです」マキーが言った。「明日の朝には、ある種の入会式を行う予定です」

「入会？」ピットは訊いた。

「ブーディカ姉妹会への」ローレンが言った。「ミセス・マキーがここではじめた女性の組織よ」

「活動中の秘密結社があるとは思いもしなかった」ピットは温かみのない笑いを浮かべて言った。

「なにも秘密などありませんのよ」オードリーが応じた。「同好の女性たちが相互に権能の強化を支援しあっているグループにすぎません」

マキーがピットのほうを見た。「ブーディカにまつわる話をご存じかしら？」

ピットはうなずいた。「ケルトの女王で夫のプラスタグス王の死後、ブリタニアのローマ軍に対する血まみれの反乱を導いた」彼はオードリーを見つめた。「私の記憶では、彼女には娘が二人いた」

「その通りです」マキーが応じた。「私たちはケルト人の強さと女王ブーディカの精神を、私たちの公私両面で具現したいのです」

「彼女は勇猛な戦士だった。あなたの姉妹会が絞首刑、焼き討ち、それに磔（はりつけ）を取り入れないことを願っています」

「それは私たちに反対する人たちに取っておきます」マキーは冷ややかな笑いをたたえながら言った。

「会員の資格の基準は？」

「私たちの会員はみな完成した女性で、科学、事業あるいは政治の分野で重要な実績をあげています。私たちはさらに高度の影響力を獲得できるよう、互いに支援しあうことに専念しています。女性はこの世の半分を形成しています、ピットさん、ですがリーダーシップの面では全く活躍不足です。いまや新しい全地球的な秩序が求められています、あらゆる国で女性がリーダーシップを取っている体制が。私たちはこの世界がより安全でかつ公正なものになると信じています、女性が舵取りをすることによって。同感ではありませんこと、ピットさん?」

「ありうるでしょうね、ふさわしい女性を得れば」ピットは妻の腕を軽く叩いた。

話題は政治に流れた。ピットにはまったくと言ってよいほど関心がなかった。話題の中心から逸れたので、彼はテーブルの中央のソルトシェイカーに手を伸ばし、わざとワイングラスを引っくり返した。彼は立ちあがり、ナプキンを自分の皿の上に落とし、転がっているグラスを摑んだ。召使いの一人が駆け寄り、こぼれたワインを綺麗に拭きとった。

「アグネス」マキーが命じた。「ピットさんに、別のグラスにワインを注いでお持ちしなさい」

ピットは腰を下ろしながら、ナプキンでラムの大きな塊を拾いあげて膝に乗せた。話がまた盛りあがると、彼は肉をナプキンで包みスポーツコートのポケットに入れた。

ベリー類とクリームのデザートが配られ、客たちはしだいに静かになった。ローレンとアビゲイル・ブラウンが共に、所在なげな顔をしていることにピットは気づいた。

「みなさん今日一日、お疲れになったでしょう」マキーが言った。「ぐっすりお休みください、ご婦人がた。明朝、姉妹会へのみなさんの正規の入会歓迎会を続行いたします」

全員、お休みの挨拶を交わし、ピットはローレンを自分たちの部屋へ誘った。

「明日の朝のケルト戦士の儀式には失礼したらどうだい」彼は話しかけた。「そして、朝一番で発っては？」

「それはできないわ、本当によくしてもらったのに」ローレンは欠伸をかみ殺しながらつぶやいた。「彼女は私に会長に立候補してもらいたがっているの」ローレンは間延びした口調で言った。

彼女はそれっきり一語も口にしないまま掛布の下に潜りこみ、ほんの数秒で眠りこんだ。

ピットはローレンをきちんとベッドに寝かせ、怒りを募らせながら彼女を見つめた。妻がマキーに薬を飲まされた可能性が強かった。なんらかの操作を手伝わせるために。その目的は想像するしかなかった。

ピットは彼女の髪を撫で、ナイトスタンドへ近づき彼女の小物入れを開け、空酔いの薬ドラマミンを抜き取った。灯りを消すと窓際に座り、静かに時が過ぎるのを待った。

46

リキは一台の消防車がサイレンを鳴らしながら横を猛然と走り抜けたので、アウディの後部座席で低くしゃがみこんだ。彼女は慄きながら、消防車がフランシスコ修道院の前で停まるのを見つめた。通りの向こうのレンガ造りの長屋の列の上空に、黒い煙が一筋逆巻きながら立ちのぼっていた。

彼女は改めて、膝に載っている電子式タブレットに目をやった。GPS送信機はダークのレンタカーが依然として修道院の前に停まっていることを示していた。彼女は電話を取りだしたが、あと二分待とうと自分に言い聞かせた。やがて、黒い服の男と女が通りを歩いてくるのが目にとまった。一人は空のダッフルバッグを持っており、二人は近づいてきてアウディのフロントに乗りこんだ。

「あんたたちはいったいなにをしたの?」リキは訊いた。

その男は頭が禿げあがっていて身体つきは太めで逞しく、名前をガビンというのだが、曰くありげな笑いを浮かべた。「われわれは彼らを教会の裏のある小さな建物の裏まで尾行た。ドアは一つしかなく、誰かがキーを錠に差したままにしてあった。エインズリは一ブロック先でガソリンスタンドを目撃していたので、われわれはガーデンショップでガラス瓶を探しだし、特別大きな火炎瓶を作った」彼はにたりと笑った。

「あの連中はいまごろは骨の髄まで黒焦げになったことだろう」

リキは瞬間的に胸の痛みにかられ、怒りを発した。「私はあなたたちに、彼らを尾行してどこへ行くか見届けろと言ったのよ。彼らを殺せなんて言ってないわよ。あなたたちはなにを考えているの?」

ガビンの満足感は恨みに転じた。「ミセス・マキーは折のよい機会がありしだい、彼らを消せとわれわれに命じた」

「ミセス・マキーが?」リキは確かめた。彼女は気持ちを落ち着けて息を一つ深く吸いこんだ。「私は彼らがなにを知っているか確かめたかっただけなの」彼女はガビンを見つめ首をふった。「ガソリンの入ったビンを持って通りを歩き、歴史的な教会で火事騒ぎを起こすなんて、私にはまともとは思えないわ」

「セルフサービスのガソリンスタンドだったんですよ」エインズリが答えた。その女の甲高い声は、平凡な顔と大柄な身体にそぐわなかった。「ダッフルバッグに入れて運んだんです。誰も怪しげなものなど見ていません」

「そんなことあてになるものですか」リキは言った。「ここから出してちょうだい。

さあ！」

エインズリが運転してキラニーを離れた。町を出た時に、リキが運転手に怒鳴った。

「停めて！　停めるの！」

エインズリは強くブレーキを踏み、路肩に車を停めた。彼女が後部座席を振り返ると、リキはタブレットに顔を向けていた。若い彼女は画面に一瞬目を通してから顔をあげ、殺し屋二人を見た。「彼らの車が動いているわ」

ガビンは肩をすくめた。「おそらく警察が移動させているのでしょう」

リキは首をふった。「いいえ、車は町を離れつつある」彼女は道の少し後ろの納屋を指さした。「あの反対側に停めてちょうだい」

エインズリは指示に従い反対側沿いにバックさせて、キラニーからの車に自分たちが見られないようにした。リキがタブレットを見つめていると、問題の車が数分後に近づいてきたので、風防ガラスの外を覗いた。

小型のレンタカーは高速で横を走り過ぎた。ダークが運転し、サマーがその脇に、ブロフィーが後部に収まっていた。彼らは誰一人、納屋の横に停まっているアウディには気づかなかったらしく、つぎのカーブを曲がって北へ向かった。しかも誰一人、骨の髄まで黒焦げにはなっていないようだった。

ダークが一時間後にトラリーのホテルに車を停めた時には、ほぼ暗くなっていた。

ブロフィーは夕食に誘われたが固辞した。「今日はなんともしんどい一日だった。わが家の女房殿の許へ帰りたい」彼は言った。「明朝一番で、ポートマギーで会おうじゃないか。ここから一時間足らずだ。船の手配は私がする。われわれだけでファルコン・ロックを訪れるとしよう」

「伺います」ダークは言った。「できれば、われわれの衣服が依然として、バーベキュー・グリルのような臭いをしないでくれるといいのですが」

彼とサマーはシャワーを浴び着替えると、近くのイタリアンレストランへ歩いて出掛けた。ワインを受けとってから、ダークは妹が誰かが入ってくるたびにドアのほうを見つめることに気づいた。「誰か待っているのか？」

「私たちをエジプトで殺そうとした者たちが、私たちをここまで追ってきたのだわ」

「たぶん。しかし、彼らがわれわれの夕食に加わる気はないだろう、ここのパスタ、ニョッキがすこぶる美味ければ別だが」

サマーは首をふった。「面白くも可笑しくもないわ」

「われわれは関連性を裏づける事実をなにひとつ摑んでいないのだぞ」

「むろん摑んでいるわ。だからこそあなたは、レンタカーをホテルの裏手に停めたのではは」

「ごもっとも。だが現時点では、連中はわれわれが炎に包まれて死んだと思っているはずだ」

「でしょうね」彼女はワインをすすった。「彼らは私たちがメリトアテンとアイルランドとの結びつきを突きとめたことに気づいているに違いない。たぶん、ブロフィー博士が誰かに話したのでしょう」

「彼らはきっとメリトアテンの墓を護ろうとしているのだ、あるいは——われわれより先に墓を見つける気なのだ」ダークが言った。

「二つの理由しかありえないわ。墓場の宝か、アピウム・オブ・ファラスがらみ」

「ここはエジプトから遠く離れている」ダークが言った。「宝の可能性は極めて薄い。あの時代の遺物は、いまだに人工物泥棒にとっては価値があるようだ」

「私たち明日どうする、彼らが尾行しているとしたら？」

「迂回してポートマギーへ向かい、尾行を監視する。このあたりの道は狭いので、われわれが追走されているかどうか見極めるのはさして難しくはないはずだ」

トマト添えのペストソース仕上げのブッラター・サラダを食べ終わった彼らは、ラムラグのパッパルデッレで夕食を終えホテルへ戻った。ダークがベッドの用意をしていると、誰かがドアをノックした。サマーだと思いドアを開けると、リキが肩に旅行バッグを掛けて立っていた。

「このホテルは満員だと言われたの」彼女は魅力的な笑みを浮かべながら言った。

「ひょっとして、迷える宿泊客を迎える余地がおありでは?」

47

ピットは静かに黒い服を着こみ、暗くした部屋で深夜の訪れを待った。眠っている妻の頬にキスをすると窓からひっそり脱け出て、窓枠から岩だらけの円丘の上に降りたった。照明に浮き出ている館から離れて、車寄せへ向かった。車寄せを横切ると木立の中を縫って進み、正面玄関の警備員の傍らを見咎められずに通りすぎた。

ミニ・クーパーは停めた場所にあったが、まだ館の視野内だった。ピットはトランスミッションをニュートラルに入れて車を車寄せに乗せた。下り坂に助けられて車を押してカーブを曲がり、警備員の視野の外へ出ることができた。車に飛び乗るとエンジンを掛け、駐車灯を点けただけで、ゆっくり走らせながらドラムナドロキットへ向かった。自分と館の間に二キロ近く間隔があくと、彼はヘッドライトを点灯しスピードを上げた。

ほんのわずか走った時に、バックミラーに一対のヘッドライトが現れた。ピットはかなりの速度を維持したままアーカート城に近づいた。ブレーキを強く踏みこみ車を訪問者用駐車区画に停め、ミニ・クーパーのライトを消した。道筋の視界が開けていたので、見張っていると尾行していた車が現れた。四〇〇メートルほど先まで行くと車は停まり、路上でアイドリングをしていた。

ピットはミニ・クーパーのライトをつけ、車から飛び降りた。後ろへ回り、かがみこむと両手でバンパーをまさぐった。ずっと奥のほうで、磁石で取りつけられた金属製の小さな箱が指に触れた。

「見つけた」ピットはGPS追跡装置を調べながらつぶやいた。湖に投げこもうかと思ったが、車へ引きかえして助手席に置いた。駐車区画を出て疾走し続け、数分後にインバネスに入った。後ろを振り返るまでもなく、例の車が依然として尾行を続けていることは分かっていた。

その時刻のインバネスは静まり返っていて、街中に近い一握りのパブが活気を帯びているに過ぎなかった。ピットは市内を走りまわって、囮(おとり)になってくれるものを探した。夜間道路清掃車のほうから現れてくれた。ピットは一回りして、清掃車の来る道筋のワンブロック先から近づき、小路に入っていった。ミニ・クーパーを大きなごみ箱の後ろに停めると、尾行装置を掴んで通りへ歩いていった。

彼は縁石のそばにあるバイクラックに目をつけ、その横に立って鍵を探しているふりをした。道路清掃車が移動してくると、彼は磁化式追跡装置をその後部に貼りつけた。そこでピットは小路へ戻っていき、ゴミ箱の後ろにしゃがみこんだ。清掃車はブロックの外れへ向かって進んでいった。ほんの一分ほど後に、黒塗りのBMWが滑るように脇を通りすぎていった。車内に、男一人と女一人の姿が見えた。

その車が走り抜けると、ピットはミニ・クーパーに乗りこみ小路を引きかえした。左へ折れて、曲がりくねりながら都市(まち)を出た。ドレスロードに入ると南へ向かい、尾行者たちを背後に置き去りにした。

ピットは湖岸の道を走って小さなフォイアズ村を目指し、古い教会で向きを変えた。その建物の周りを回り、その高い石の壁の背後にまた車を停めた。水際近くに、クレーンを搭載した空の平底トラックが見かけられた。ピットは丘を下りて行って、そのトラックの横を通り、狭く暗い埠頭に出た。向こう端で葉巻の火が一つ点(とも)っていて、自分一人だけではないことを告げていた。

ピットが軋む埠頭を歩いていくと、アル・ジョルディーノが大きなロープの輪に横になって、葉巻を吹かしながら澄みわたった夜空を見つめていた。

「ここの空は素晴らしい」彼は言った。「金星、火星、それに流れ星が見えた」

「願い事をしたか？」

「南十字星をタヒチの浜辺から眺められるよう願を掛けたよ」彼は葉巻を足でもみ消し、立ちあがった。ピットのように、彼は黒っぽい身形(みなり)をしていた。

「ニンフ号になにか問題はなかったか？」

「いや、なに一つ」ジョルディーノは答えた。「ルディがあの艇をテストしてくれた。俺はあの艇をリバプールで捕らえ、ここの埠頭まで転送してきた」彼は片方の腕をあたりに向かって振りまわした。「この場所を暗闇の中で探しだすのはなんとも大変だった」

ピットは埠頭脇の水辺を見わたして、数メートル先に繋留されている青緑色の潜水艇を探しあてた。水面低くに、二人乗りの小さな艇を辛うじて見分けられた。

「あのバッテリーはフルチャージだ」ジョルディーノは知らせた。「俺たち正規の招聘を受けたわけではないのだろう？」

「決してそうとは言えない」ピットは研究所にまつわる疑念を伝えた。

「ルディが全地球的疫病の怖れについて語っていた。彼の口調はかなり案じているふうだった。あんたはここが発生源だと思っているんだ？」

「ありうる」ピットは潜水艇に降りたった。「研究所は陸地からだとがっちり守り固められている。近くから観察するのには、水際からが一番よさそうだ」

ジョルディーノはうなずいた。「シー・ニンフ号なら隠密性と黒い水を通して観察する能力を二つとも兼ね備えている」彼は舫綱を投げだし、ピットの後から艇に乗りこみハッチを閉めた。

ピットは操縦席に収まり、手早く安全点検を行い、スラスターを作動させ、潜水艇を水面の直ぐ下に潜らせ、艇尾近くの細いマストヘッドだけが水上に出るようにした。それには回転式ビデオカメラとGPSレシーバーが内蔵されていた。それらは中央コンソールの一対のスクリーンと繋がっているので、ピットとジョルディーノは彼らの正確な位置を伝えるデジタルマップの隣に表示される湖面を観察できた。ピットが映像の照明レベルを調整する傍らで、ジョルディーノは潜水艇の下部架台の各隅にあるマルチビームソナー装置を作動させた。

シー・ニンフ号は限られた環境での深海調査計画用に設計されていたので、小型だが操縦性は優れていた。複合ソナーは視界三六〇度のアコースティック・ビューをもたらしたし、それは鉱物、沈泥、さらには水質感知装置によって補強されていた。

ジョルディーノはソナーのレンジを一〇〇メートルに調整したが、シー・ニンフ号が湖底のずっと上に位置していたために、モニターにはグリーン・スノーが円形に映しだされているだけだった。彼はデジタル震度計をちらっと見て口笛を吹いた。「この深さは二一〇メートルだ。車のキーを舷縁から落とした日にゃ大ごとだぞ」

「この湖は細長いが、すこぶる深い」ピットはスラスターの速度をあげた。艇首が細く流体力学的に改善されていたので、ニンフ号は時速九キロ以上で軽く走行できた。

ピットはデジタルマップで操縦しながら、ビデオ・フィードに目を配って湖上の予期される船舶の行き来に注意した。

さほど走行しないうちに、ピットは北岸沿いに広がるマキー館を視認し、出力を落とした。ずっと前方に、別の船の照明が目撃された。魚釣りをしている時に見かけたタンカーと同じ方向へ遠ざかりつつあった。

「問題の場所は前方の南岸にある」ピットは知らせた。「俺は彼らがタンカーに、どんな方法で荷積みをしているか見届けたいのだ」

「了解。俺はわれわれの腹を湖底でこすらぬように用心するとしよう」

ピットが潜水艇を南東に向けている傍らで、ジョルディーノはビデオモニターに目を貼りつけていた。夜なので、偽装研究所の建物はまったく視認できなかった。浮きドックが水上に一本の線となって現れたので、ピットはそのほうへ向かった。速度を落とし、ニンフ号の深度を六メートルまで下げるようにソナーに誘導させた。

「接近中」ジョルディーノが呼びかけた。「三〇メートル通過中」

艇首の装置が送ってくるソナー画像が、前方と彼らの下の湖底を鮮明に映しだした。ピットがニンフ号の艇外投光照明を点灯すると、濃い緑色の濁った水が浮かびあがった。

「とんだ大違いだ」ジョルディーノが言った。「俺のスコッチ・ウイスキーのハイランド地方の水は水晶のようだが」

「それは土壌に含まれているピートのせいさ。君のウイスキーにスモーキーな香りを与えているのとまったく同じ要素が、この水にも含まれているんだぜ」

「見た目より味はよいが」ジョルディーノはソナースクリーンを一本の指で何度か軽く叩いた。「ついいましがた、左手のある種の物標の横を通った。深度三〇メートル」

ピットはスクリーンに目を向けた。線状で片方の端が丸まっている影が、湖底からなにかが突き出ていることを伝えていた。彼がニンフ号をその物標のほうへ向けて潜航させ、艇を水平にしていると湖底が姿を見せた。艇をじりじりと前進させているうちに、物標が投光照明の下に現れた。

「船だ」ジョルディーノが言った。「しかも、立派な船だ」

沈泥に覆われていても、その物標は大型快速船の軽快な船型を失わずにいた。ピットは艇をもう一段降下させてスラスターで沈泥の一部を吹き飛ばすと、快速船のうえに浮上してさらによく観察した。泥状の覆いを取りはらわれた船はマホガニー製のようだった。磨きあげられた真鍮の金具は、照明を受けていまだに煌めいた。

「上等な船だ、このあたりにしては」ジョルディーノが言った。

「きっと、マキーの船だ。彼はイタリア人の快速船と事故で衝突して死んだと言われている」潜水艇の照明がクローム製の文字を照らしだした。リバ。

「事故?」ジョルディーノは訊いた。「あやしいものだ。カウリングと風防ガラスを見るがいい」

ピットはニンフ号の向きを変え、快速船の操縦席の上でホバリングさせた。小さい丸い穴が風防ガラス、カウリング、それに操縦席の椅子に、痘痕のように散らばっていた。反対側に大きな鋸歯状の破口が一つ、船殻近くに現れた。

「爆発の痕跡だろう」ピットが言った。

「無視された女房の怒り？」

「異は唱えないぜ」

ピットは改めて船を調べ、ジョルディーノは艇外カメラでビデオ撮影をした。そのうえで、ピットはニンフ号を湖岸へ向けた。彼が隆起する湖底沿いに走行していると、ジョルディーノがまた呼びかけた。

「埠頭と、それとなにやら関連のありそうな施設が近づいてきたぞ。パイプラインとバルブ装置らしい、左手。それに、前方に妙な影が一つ」

ジョルディーノは潜水艇が前進を停止したのを感じた。「なにか見えたのか？」

ピットは答えなかった。彼の関心は、彼らの視界の端を移動している物に絞られていた。ジョルディーノは彼の視線を追って、座席の上で身体をまっすぐ起こした。

顎を開け目を光らせて、深みの長い緑の生き物が、滑るように覗き窓を通りすぎた。

48

それは怪獣ではなくヨーロッパウナギで、長さは一メートル五〇センチほどあった。

「でかい奴だ」ジョルディーノが言った。

「泳ぎ方を見ろよ」ピットが応じた。潜水艇をそっと前進させた。艇の照明に、ドックの下から湖底まで張りめぐらされた頑丈なケーブルの網を出入りしているウナギが照らし出された。

「われわれののたくる友が、彼らの警備体制を明るみに出してくれたぜ」ピットが言った。

「ダイバーお断り」ジョルディーノが応じた。「あるいは、潜水艇」

「おそらく水面のセンサーかビデオモニターで管理しているのだろう。うまいこと、この時間だから、誰も監視していないのでは。とりわけ、タンカーがつい先ほど出発したばかりだから」

数メートルほど片寄った場所に、ピットは湖底から一本の骨組支柱が突き出ているのを目撃した。彼はよく見るために近づいた。

「それなら数本、ソナーに映しだされている。L字型で湖岸から伸びている」ジョルディーノは知らせた。「きっと埠頭を支えているんだ」

ニンフ号の照明は、コンクリートの基礎にボルトで固定された格子造りのピラミッド型の支柱を照らし出した。鉄製の防御網がその前に垂れさがっていた。ピットは潜水艇を湖面の埠頭が見えるように上向きにすると、支柱から伸びている大きな油圧装置が現れた。

「偉大なるネス湖の消えるドック」ピットが言った。「連中は外から見えないように、埠頭を三メートルほど上下できる」

「ずいぶん手間をかけたものだ」ジョルディーノが言った。「たかが、ある種の輸送を隠すために。まるで中央アメリカの麻薬組織のやり口だ」

ピットは潜水艇を埠頭と支柱沿いに走行させ、やがて向きを変え湖岸へ向かった。埠頭の角では、大きく柔軟な一本のホースが湖底を這っていた。それは角の支柱に沿って立ちあがっていて、埠頭のバルブ・アッセンブリーがそれに取りつけられていて、埠頭は訪れたタンカーに荷積みの手段を提供していた。

ピットが埠頭の支柱に沿って岸に向かうにつれ、水深が浅くなっていった。彼はニンフ号の速度を落とした。上側のカメラが水中を突き抜けて湖面の様子を映しだした。

なにも見えなかった。埠頭と研究所は共に真っ暗だった。

「みんな寝ているようだ」ピットは言った。

「では、ちょいと拝見するとしようや。夜間用ゴーグルを別の背広に置いてくるんじゃなかった」

ピットは潜水艇を浮上させ、埠頭の外側にそっと付けた。ジョルディーノはハッチを開け埠頭に飛び降り、ニンフ号を繋留した。一分後に、彼は飛んで艇に舞いもどった。

「どうも連れができたらしい」彼は面白がって頭をふりながら言った。犬の大きな吠え声がハッチ越しに響いた。

「ああ、奴には前に出会ったことがある」ピットは言った。ポケットに手を入れ、ナプキンで包んだラムの肉を取りだした。「これをあいつに与えて見てくれ」

ジョルディーノはナプキンを開いて中を見た。「ロットワイラー犬のご機嫌取りか?」彼はハッチから首を突きだして肉を埠頭に投げだすとすぐ閉めた。そのせいで犬はまたひとしきり吠えたて、やがてご馳走を調べに近づいてきた。

「トラックに一台分のフィレステーキでも、あいつは満足しそうにないぜ」ジョルディーノは言った。

「あの切れ端でうまくいくはずだ」ピットは笑いを浮かべた。「あの肉を消化するために、ほんの二、三分くれてやるだけですむ」

「秘密のソースでも加えたのか？」

「ドラマミン錠を十二粒ほど、あの肉に押しこんだのさ。ローレンが旅行する際にいつも持ち歩いているんだ。突然のことなので、これが俺に打てる最高の策だ」

ピットは艇外カメラを調整して埠頭が写るようにした。ラムをむさぼり、潜水艇を見つめる犬のぼやけた映像を二人は眺めた。

「飼い主はどうなんだ？」ジョルディーノが訊いた。

ピットはカメラを湖岸のほうへ向けたが、動きはまったく見当たらなかった。「あいつは敷地を勝手に一人で歩き回っているようだった、前に見かけた時の様子では」

「あんたが羊を一頭ひそかに乗せていない限りは、あいつの仲間がこれ以上現れないことを祈るよ」ジョルディーノは道具箱を掻きまわして、護身用にレンチを一本取りだした。

彼らがモニターを見つめていると、犬は埠頭に寝そべり、やがて眼を閉じた。埠頭を離れて石畳の道を数歩進んだところで彼らは立ちどまった。ほのかな星明かりを衝いて、その道が建物の正面玄関と一対の鋼鉄製の高いドアに通じているのが見えた。

彼らが立ちどまったのは、その堂々とした玄関のためではなかった。それは彼らの右手に小さな下り階段があったからで、地下の戸口に繋がっていた。

ジョルディーノはピットについて階段を下りた。ピットは通用口のドアのハンドルを捻（ひね）った。簡単に回った。ドアを細く開けて中を覗き、そして踏みこんだ。

そこは狭い制御室で、丘の中腹に切りこまれていた。目の高さの狭い窓が一つ、埠頭を見下ろしていた。その窓の下の大きなコンソールには、さまざまなダイヤル、スイッチ、それに制御装置が収まっていた。ビデオモニターが埠頭の両端から送られるライブ映像を映していた。繋留した潜水艇は低すぎて探知されていなかったが、カメラの一つは鼾（いびき）をかいているロットワイラー犬を捉えていた。

「研究所の製品をタンカーへ配管する制御室のようだ」ジョルディーノが言った。「嬉しいぜ、われわれの到着を見張る者がこのあたりにいないとは」

ジョルディーノは制御室に通じている奥のドアに気づき、試してみた。その先は狭いトンネルになっていて、頭上の照明にぼんやり照らされていた。「ここは俺たちに似合いの入口のようだ」彼はアーチ型の戸口でかがんで中に入った。

ピットは彼に倣って狭い通路を進んでいった。左右の壁と円形の天井は滑らかなコンクリートに覆われていた。トンネルは三〇メートル以上も伸びて母屋に達し、狭い階段に繋がっていた。彼らは階段を上って別のドアの前へ出た。そのドアは半開きになっていた。ジョルディーノが隙間から覗きこもうとすると、反対側で電話の音がした。

「マガイヤ」しわがれた声が呼び出し音に答えた。「いいえ、無許可の車は一台も現場に接近しておりません」男はちょっと聞いていた。「ええ、リチャーズは家にいます。私が彼を起こしましょう。ほかの警備員も一人。そのうえで、一回りします」また間が生じた。「了解」彼はそう言い電話は切れた。

その男はもう一度電話を掛け、ジャケットを着ると部屋を出ていった。ピットとジョルディーノは遠くでドアを開け閉めする音を聞きつけて、階段の吹き抜けから中へ入った。

そこは警備室で、建物の正面入口のすぐ内側にあった。モニタービデオの列が一脚の机の上に並んでいて、敷地の周りの隠しカメラが送ってくるナマの映像を映しだしていた。一台は玄関に的を絞っており、武装警備員が車寄せの方へ歩いているのが目撃できた。

「どうやら」ジョルディーノが言った。「ここから外へ出るのは、入るより難しそうだ」彼は中央廊下を映している一台のモニターに近づき、カメラが天井を向くように角度を変えた。

「その時には、きっと目を逸らす手があるはずだ」ピットが言った。「先へ進もうぜ」

彼らは幅の広い、建物の中央を端まで伸びている廊下に入っていった。床、周りの壁、それに天井は眩（まばゆ）い白いコンクリート造りで、冷ややかな感じがした。廊下沿いのドアには硝子が嵌められているので、中を見ることができた。小さな部屋がいくつか並んでいて、その先は研究室が続いており、白衣姿の者が一人二人いた。彼らはあるドアの前で躊躇した。中は犬小屋だった。回りの壁沿いに檻が並んでいて、そのどれにもビーグル犬や中程度のサイズの犬が収まっていた。

「スヌーピーの実験室だ」ジョルディーノが声を潜めて言った。「もうすでに、ここの連中に嫌気がさしてきた」

彼らがさらに廊下の先へ進んでいると、背後で取手の回る音がした。ピットは左側の暗い部屋に目をとめ駆けこんだ。ジョルディーノはすばやく後を追いドアを閉めた。彼らは暗がりの中で凍りつき、何者かが廊下を歩いてくる足音に耳を澄ました。別のドアが開いて閉められたので、ピットは照明のスイッチをひねった。

頭上のLED照明に手術室が照らし出された。コンピューター、顕微鏡、それに化学洗浄剤が置かれた作業台が、後ろと両側の壁際に配置されていた。一方の片隅の観察モニターには、X線写真が数枚貼りつけられていた。中央には、明るい手術用照明を浴びて台車つき担架が置かれてあって、その脇のトレーテーブルにはメスや探針が並んでいた。なによりも気になったのは、担架に横たわっている小さな物の姿で、シーツに覆われていた。

静かに、ピットとジョルディーノは担架に近づいた。ピットは布に包まれた形を見つめ、シーツの端をつかみ裏返した。彼ははっきりとなにかを予期していたわけではなかった。せいぜい、犬小屋の実験用の一匹ぐらいかと。

ところが、現れたのは保存状態のいい、三五〇〇年前のエジプトのミイラだった。

49

ピットの鍛錬を積んでいない目には、古代の亜麻布に包まれた左右の脚と胴の大きさから、一〇歳あるいは一二歳の子どものミイラのように映った。剃りあげられた頭は、男の子であることを示唆していた。頭は反り返っていて、口を開けておくために小さなゴムの塊が押しこまれていた。

「ツタンカーメン王を見つけようとは思っていなかったぜ」ジョルディーノが口走った。

「誰であるにせよ」ピットが応じた。「母国から遠く来たものだ」

ジョルディーノは顎をさすった。「サマーとダークは、つい最近ナイル河畔でエジプト人の墓を見つけたのでは？」

「ああ。しかもそれには子どもの棺が含まれていたが、奪われてしまった」彼は身を乗りだして頭を子細に眺めた。「口をよく見たまえ」

ジョルディーノは歯列を見つめ、医療器具のトレーに目をやった。「ここの連中は下の臼歯を一本抜いたようだ、右側」

「ＤＮＡを回収するつもりなのだ」ピットはシーツを死体に掛けなおし、部屋を観察した。奥にあるクローゼットのドアとその隣の電子パネルが目にとまった。ドアを開けるとそこは温度調整室で、頑丈な棚が並んでいて薄暗い赤い照明に照らされていた。片側にはエジプト風の彫刻を施された棺が六つ置かれてあって、故人の容貌が金箔と塗料で描かれていた。通路の反対側にはさらに多くのミイラ化された遺体が、それぞれにプレキシガラスの箱に収められていた。

「棺とミイラのコレクション」ジョルディーノは言った。「こんな趣味より、俺はゴルフのほうがいい」

ピットは身振りでミイラたちを示した。「成人がまったく見当たらない。みんなごく若い男だ」

ジョルディーノはミイラの露出した歯列にある抜歯跡に注目した。「それに彼らはみんな最近、歯医者に行ってきたようだ」

「マキーの古代エジプトに対する関心は、夫の考古学への情熱を紛れもなく凌いでいる」

彼らはその倉庫室を出て、さらなる証拠を求めて部屋を調べた。ピットは白衣に目をとめ、それに袖を通した。あらたに重要な物がなにも見つからなかったので、彼らは照明を消し廊下へ引きかえした。小さな部屋を二つ通りすぎ、大きな会議室に入っていった。分厚いバインダーが長い中央テーブルに散らばっていて、周りの壁は海図、地図、生産予定表、それに別口のバインダーが収まっている棚に覆われていた。

ピットは卓上のバインダーの一つを拾いあげ、さまざまな商品の細かい来歴を見つけた。

「ダーク、これを見てみろよ」

ジョルディーノは大きな世界地図の前に立っていた。ラベルがさまざまな主要都市や地域の隣に貼りつけられてあった。それぞれに符号がふられていて、接頭語のBR、あるいはEPに、1、2、あるいは3が続いていた。

ピットはラベルを何枚か読んだ。「〝メキシコ湾、BR‐1〟〝ムンバイ、EP‐2〟〝デトロイト、EP‐3〟。きっとこれらの地域での作業に用いられた製品だ」

「もしもそうなら、彼らがEP‐2を使った場所を突きとめよう」ジョルディーノは中央アメリカを指さした。ピットが彼の指を追っていくと一枚のラベルを指した。セロン・グランデ、EP‐2。

「これは、これは」ピットは言った。「このEP製品のサンプルが欲しい。それが手に入れば、あとは退場の場面の検討に移れる」

彼が話しているとドアが開いた。髪が黒く短く、白衣を着た若い女性が黄色いバインダーを持って部屋に入ってきた。彼女はバインダーを棚に収めながら、ピットとジョルディーノを訝しげにちらっと見た。ドアのほうへ向き直りながら、彼女はピットを見つめ、ためらいがちに言った。「失礼ですが、アンドリューズ博士。なにか御用がおありでしたら？」

ピットはその問いに躊躇しなかった。「ちょうど発送予定表を探していたのだが」

彼女は鼻に皺を寄せ、肩をすくめた。「あいにく、私は調査部で働いているので。製造室にあるかと思いますが」

「ご心配なく。ありがとう、ミス……」

「トンプキンズ。どういたしまして」彼女は部屋から出ていった。

「あんたの友達なのか、アンドリューズ博士は？」ジョルディーノが訊いた。

ピットは白衣に留めてある身分証明バッジにちらっと視線を向けた。ブロック体でユージン・アンドリューズ博士という名前が、髪が黒っぽく面影にどこか似たところのある男の写真の上に記されていた。

「紛れもなく、俺は忘れがたい顔をしているから」

「彼女、俺たちのことを報告するだろうか？」

「そう思ったほうがいいだろうな」ピットは地図に背を向けた。「彼らは製品を世界中に送りだしている。正確な場所を知るのが重要だ」彼は地図を引きちぎり、それをポケットに押しこんだ。

「そいつが出発点だ」ジョルディーノが言った。

「製造室を探そう」

廊下には人気（ひとけ）がなく、彼らは会議室を出た。隣の部屋を通り抜けようとした時に、ジョルディーノが机に向かって座っている男に気づいた。ピットはその男が振り向き、ドアにはめ込まれた窓から外を見たので躊躇した。年配の男で、丸い顔に眼鏡を掛けていて、茶色の髪は薄かった。男はピットを不安と諦（あきら）めの入りまじった表情で見つめた。

「アル、俺はこの人を知っている」

ピットはドアを開けようとしたが、鍵が掛かっていた。部屋の中の男は肩をすくめ、自分では開けられないことを伝えた。ピットはドアの脇のカード読み取り機に目をとめ、白衣のバッジのことを思い出した。アンドリューズ博士のＩＤカードを読み取り機の隣でふると、カチッという音がした。彼はドアの取手を捻り部屋に入っていき、ジョルディーノが後からそれに倣った。

中の男はすがるような眼差しで二人を見つめたが、なにも言わなかった。

「パーキンズ博士では？」ピットは訊いた。

「ええ」

「ピットという者です」彼は部屋をざっと見回した。寮のような部屋で、造りつけの二段ベッドに小さなサイド・バスルームがあった。「意に反して閉じこめられているのですね？」

パーキンズは言い淀み、二人を観察しながらうなずいた。「あなたはなんと言われたのでしたか？」

「われわれはNUMAの者です」ピットは告げた。「バイオレム製品の配備と関連ありと思える死亡事件について、目下われわれ調査中です」

「ありがたい、ついに気づいてくれた人が現れた」パーキンズは言った。「どうやってここに入ったんです？」

「忍びこんだのです、湖岸の裏口から」ジョルディーノが答えた。

パーキンズはひょいと立ちあがると窓の外を覗いて、廊下になにか動きはないか確かめた。「奴らはあなたたちを殺しますよ」彼は囁いた。彼はピットを必死の眼差しで見つめた。「奴らに協力を強いられたのです」

「サンプルを手に入れる手助けをしていただけますか？」ピットは訊いた。

パーキンズは頭をふった。「遅すぎます。すでにあらゆる場所に配備されている。彼らはもう何か月も、大量生産を続けてきた。何百万もの人が侵されるだろう」

「では、それを阻止するために協力してください」

生化学者は自分の足許を見つめ、首をふった。低い声でつぶやいた。「止めようがない」

「われわれに協力して、やってみてください」

パーキンズはピットとジョルディーノの目の奥を見つめた。分析的な科学者である彼は、眼前の二人をじっくり観察した。目に映ったのは、愚かなことに血道をあげている二人組ではなかった。それどころか、全生涯をなげうって取り組んでいる二人の男だった。彼らは逞しさ、道義感、さらに不屈の精神を放射していた。

しばらくぶりに、パーキンズは初めて一筋の光明を見た。「承知しました」彼はかすかにうなずきながら言った。

ピットがカードをまた閃かすと、ドアが音をたてて開いたので廊下へ出た。「いいぞ」

パーキンズは彼に倣い、ジョルディーノがその後から続いた。パーキンズが戸口を通り抜けようとしていると、けたたましく警報が鳴り響いた。科学者はズボンをたくしあげて、踵に取り付けられた監視装置を露わにした。

「なんとも申し訳ない。あまり長い間身につけていたせいで、すっかり忘れていた」

ジョルディーノは彼を前方へ押しだした。「いまさら心配無用。こんなことで怯みなさんな。すばやく脱け出る方法を、なにか思いつきませんか？」

科学者はちょっと考えこんだ。「外に通じる貨物用ドアが製造室にあって、内側から鍵が掛かっている」彼は廊下の先を指さし、ぎこちない格好で走りだした。ピットとジョルディーノが彼を追って廊下の端まで行くと、彼は両開きのドアを駆け抜けた。

中は大きな天井の高い製造室で、同社のバクテリア溶液が栄養素豊富ないくつもの大桶の中で成長中だった。湯船ほどのステンレス・スチール製のタンクがいくつもドアのそばにあって、その先の側壁にはもっと大きなタンクが並んでいたが、それらがひどく見劣りするほど巨大なタンクが六基、部屋の中央に収まっていた。パイプの迷路が高い天井に張りめぐらされていて、さまざまな容器と繋がっていた。手前の壁沿いには高い台があって、作業制御とモニター用の装置が載っていた。

黒っぽい繋ぎ姿の身体のよく引き締まった細身の男が、クリップボードを持ってその台の上に立っていて、モニター・コンピューターを監視していた。彼は男が三人、鳴り響く警報と共に部屋に飛びこんできたので顔をあげた。

「おい！」彼は台から飛び下り男たちに駆け寄った。彼はパーキンズの胸に手をあげ、押し留めようとした。

「あんたらはここに入ることを許されていない」彼はピットとジョルディーノを疑わし気に見つめた。

「われわれの許可はこの通り」ジョルディーノは連れの間に割りこみ、技術者にパンチを繰り出し、顎に強烈な一発を見舞った。相手は白目を剝いた。

　ピットは彼が床に崩れ落ちる前に摑んだ。

「歳を食って柔（やわ）になったのか？」ジョルディーノは拳（こぶし）を撫でながら声を掛けた。

「同じ労働者のよしみさ」ピットは技術者を床にゆっくり寝かせた。彼は立ちあがりパーキンズを見つめた。「裏手のドアは、博士？」

「こっち……こっちです」パーキンズは中央の一連のタンクを縫って後ろの壁際のドロップダウン・ドアへ向かった。その脇に操作用の小さなパネルがあったので、パーキンズは上昇ボタンを押した。何事も起こらなかった。

「読み取り機で守られているのだろう」ピットは言った。「私のキーカードで試してみる」彼は盗んだＩＤカードをパネルの前でふってみたが、なんの変化もなかった。

　ピットはジョルディーノのほうを向き直った。「どうやら、君の眠れる友の助けが必要なようだ」

　彼らが引きかえしていると銃声が轟き、彼らの前方のコンクリートの床が小さな破片となって炸裂した。

　彼らは凍りついた。警備員が二名、攻撃用ライフルを構えて部屋の中央に現れた。三番目の男、パーキンズの偽物が彼らの後ろから姿を見せた。警備員たちの間に進み出ると自動ピストルを持ちあげ、ピットに狙いをつけて笑いを浮かべた。

50

「パーキンズ博士、また会えてなんとも嬉しいぜ」ピットはリチャーズという名の警備員に話しかけた。彼は本物の科学者のほうに手を振った。「知っているだろう、パーキンズ博士を？」

「黙りやがれ」リチャーズは一歩踏み出し、ピストルをピットの胸に向けた。彼が警備員の一人にうなずくと、その男は三人の身体検査をした。地図をピットのポケットから取った。ジョルディーノはレンチを奪われた。

そのうえ、彼らは銃口を向けられ、壁を背にして二〇分近く立たされた。製造室のドアがまた開いて、オードリー・マキーが武装した男女二名を従えて入ってきた。ピットは彼女の連れが、メリーランドでナカムラ博士を殺した暗殺者たちだと気づいた。

オードリーは煩（わずら）わしげにピットに近づいた。「ミスター・ピット、あなたは場違いないろんな所をうろつき回っているのね」

「あなたが寛いでくれ、と言ってくれたように思うが」

彼女は首をふった。「埠頭にあるあなたの潜水艇を目にしました。ひどく狡猾（こうかつ）」

「ネッシーが近くにいると聞いたので」ジョルディーノが言った。「それで自分たちの目で確かめようと立ち寄ったわけです」

「そんな代物にお目に掛かれるはずがないわ」

「彼らはこんな物を持っていました」リチャーズはオードリーに地図をわたした。彼女はざっと目を通し、リチャーズに戻した。「あなたはエルサルバドルで邪魔だてすべきじゃなかったのよ」

ピットは彼女を一瞬見つめ、彼女がスチトトでエリーズを殺そうとした偽医者だと思い当たった。「マキー博士、ですか今は？　知りませんでした、お宅のバクテリアをなんの罪科（つみとが）のない第三世界の子どもや小さい犬たちでテストすることを、医療の専門家たちが容認しているとは」

彼女がものを言いかけたが、パーキンズが遮った。「あなたがここで作っているものが、どんなものか、彼らは知っていますよ」

オードリーは鼻をそびやかした。「私たちは環境にやさしい汚染制御のための修復製品を作っています。万一、誰かがその施設を調べに来たところで、私たちはすみやかに開発中の製品を湖底に放棄することができる。外部の人には、実態を知る術（すべ）などまったくなし」

ピットは重々しくうなずいた。「あなたの父上は、けっして許さなかったでしょう」

「私の父は……私の父は獣です」

「あなたの母親の比ではない」

オードリーは怒りに顔を赤く染め、ピットは声を強めた。「こちらのタンカーはみな追跡されている。いずれどのタンカーも、あなたへたどり着くことでしょう」

「あんたの言うことなど信じるものですか。かりに、あんたの言うことが本当だとしても、すでに手遅れよ。私たちはEP‐3を世界の一二に近い地点に配置ずみです。あなたの鼻の先のデトロイトにだって。私たちは世界を変えているんです、ミスター・ピット。あなたは、いやほかの誰にしろ、それをどうすることもできはしない」

彼女はピットに向かって薄笑いを浮かべた。「さあ、よろしければ失礼します、明朝あなたの奥様をもてなす計画をたてなくてはなりませんので」

彼女は自分の隣の大きなステンレス・スチールのタンクを拳で軽く叩き、リチャーズのほうを向いた。「お客様たちは私たちの製造法にたいそう関心がおありのようだから、つぎの製造分に加味したらどう。彼らを生育タンクの一つの中に縛りつけて、じかに工程を楽しんでもらうといい」

オードリーはピットたちに別れの視線を送った。「あなたたちは死滅する血脈の最後です。さようなら、みなさん」

彼女が武装したエスコートと立ち去ると、リチャーズは護衛の一人に縛るものを探しに行かせた。護衛はナイフと太いナイロンロープ一巻きを持って戻ってきた。ほかの護衛たちは武器を構え続け、彼は順に移動して巧みに捕虜たちの手首と肘を背中で縛りあげた。それが終わると、彼はパーキンズのシャツを鷲づかみにし、博士を手前に引きずりだした。「こっちへ来い」

彼はパーキンズを大きなタンクの裏側へ連れていった。そのハッチドアは開いていた。「中に入れ」彼は命じた。

ピットとジョルディーノは背中に銃口を突きつけられて、屈んでハッチの中に入れられ、パーキンズに加わった。リチャーズと警備員二名は後から続き、一人が懐中電灯をつけた。

タンクは薄暗く空で、溶接された鋼鉄製の梯子が点検のために内壁に取りつけられているだけだった。捕虜たちは小突かれながら梯子へ行かされ、外側に向かって肘を梯子に縛りつけられた。

リチャーズは警備員二名を引き取らせてハッチへ歩いて行き、縛りあげられた男たちのほうを向いた。

「飲み物は私の奢りだ」彼は声をたてて笑いながら音高くハッチを閉め、ロッキング・ホイールを回した。

タンクの中は真っ暗になり、空気は湿っぽく淀んでいた。ピットとジョルディーノは縄目に逆らいはじめたが、ロープはびくともしなかった。パーキンズは溜息をもらし、へたりこんで梯子にぶつかった。

「梯子の荒い個所を手探りで探せ、ロープが切れるかもしれない」ピットは言った。彼の動きは限られていたし、梯子の狭い箇所にしか触れられなかった。

「俺が思うに、踏み段の角のどこかに錆びついた裂け目があるはずだ」ジョルディーノが言った。「俺のロープをそこに当てることはできないが」

タンクの中は静まり返った。男たちはロープと格闘していた。やがて彼らは、バルブが回る機械的な響きを聞きつけた。間もなく、頭上のパイプから奔流が飛びだし男たちの周りに飛び散った。数秒とたたぬうちに、冷たい液体が床を満たし、男たちの足許をゆっくりせり上がりだした。

51

「われわれ、コールドバスに入れられるようですね、博士？」ジョルディーノは訊いた。

「まさしく」パーキンズは言った。「生物的環境修復製品はわずかな分量ではじまり、順次より大きなタンクに移されて成長する。こうした大型タンクは、大西洋のカレドニア運河からやってくる船舶に積みこむ製品用に作動している」

液体が脛の下のほうで跳ね散っている最中に、ジョルディーノが訊いた。「これは有毒なんですか？」

「ぜんぜん。いま彼らはバクテリアのために栄養液を注入しているだけです。ほとんど、水、グリセリン、それに硝酸塩です。タンクが九五パーセント一杯になると、彼らは小さな桶の一つから微生物溶液を加える。われわれはそのずっと前に溺れ死んでいるだろうが」

「微生物溶液にはなにが入っているんです？」ピットが訊いた。

「数年前までは、この会社は原油流出に対処する石油分解菌を何種類か作っていた。遺伝子操作されたものだが、極めて安全な条件下でもっとも厳格な基準にもとづいていた。そうした微生物は、本来の対象である汚染源以外の環境に用いられた時には、自動的に消滅するように設定されていた」彼は溜息をもらした。「フレイジャー・マキーは高い理想を抱いた男で、彼が研究し生み出したものは総てよりよい人類のためだった」

「どこかで、彼は軌道から逸れてしまった」ジョルディーノは逞しい筋肉に力を入れて縄目に逆らったが、なんの効き目もなかった。

「彼のせいではない」パーキンズは言った。「彼の妻、エバンナのせいだ。彼女はいつも精神が不安定だ。公平に見て、フレイジャーは酒を飲み不義に走ったが、事情はよくならなかった。しかし、なにかほかのことが起こり、彼女はとうとう切れてしまった。夫を殺すだけでは十分でなかった……」彼の声は途切れた。

「ここへ入ってくる途中で、われわれは彼の船の残骸を見つけました」ピットは言った。「事故で沈んだようには見えなかった」

「事故ではありません。それに当局も、そうではないと証明することができず、事故だとされてしまった。彼らは船を探そうとすらしなかった。私はずっと、エバンナが誰かに金を払ったと思っている」

「彼女の人殺しはそこで留まっていない」ピットはマイク・クルーズやエルサルバドルの子どもたちのことを思いうかべた。

「分かっています」パーキンズは言った。「彼女は夫の死後、別人になってしまった。物の怪に取りつかれ狂ってしまった。彼女は雇い入れた悪党たちに取り囲まれ、娘二人を洗脳し、研究所を秘密の複合体にしてしまった——その間、彼女はつねにその狂える世界を求め続けてきた。いまや彼女は、いたる所に死をまき散らしている」

「いったい全体どうなっているんです?」ジョルディーノが訊いた。「それにさっきの女はどんな意味をこめていたのだろう、俺たちが死滅する血脈の最後だと言ったが?」

「フレイジャーと私が悪いのです、本当に」パーキンズは打ちひしがれた声で言った。「彼は古代エジプトに取りつかれていた。彼はあの地での発掘のスポンサーをしていた。私を何度か引っ張り出したことさえある、恐ろしく暑かったが。彼はアクエンアテンという名前のファラオに魅せられ、彼の治世と関連のあるいくつもの場所を発掘した。数度にわたる発掘で、彼は墓と子どもたちのミイラの死体を見つけた。そのほとんどは男の子だった。彼らはみな病死だ、と彼は正しく推測した」

「われわれはそのコレクションを会議室の近くで目撃しました」ピットは知らせた。

「すこぶる印象的でした」

「ええ。ごもっとも、エジプト遺跡省は感心していないでしょうが。フレイジャーはまず科学者だった。それで彼は子どもたちがどうして死んだのか知りたがった。そこで彼は、死体を秘かに研究所に持ちこんだ」

「かなりの当て推量じゃありませんか？　三五〇〇年たっているのですから」ジョルディーノが訊いた。

「ごもっとも。しかし、患者が一定の期間病んでいたのなら、ＤＮＡから病の証拠を捉えることができる。それに、砂漠に保存されたエジプトのミイラの場合、答えは歯に潜んでいる」

「歯磨きが足りないせい？」

「歯髄は血液の微量元素を含んでいる場合が多い――死をもたらしたバクテリアないしウイルスの遺伝子情報と共に。それに、アクアンアテンの時代の男の子どものミイラの場合は、疫病による死因を」

「疫病ですか？」ピットが訊いた。

「エボリューション・プレイグ、ＥＰ、進化した疫病――マキーはそれをそう呼んでいた」

「男の第一子がかかりやすいということですか？」

「そのようだが、事実上、若いすべての男性にあてはまる」

「コレラと関連がありそうだと聞いていますが」

「その通りです。フレイジャーはナイル川に持ちこまれたある種の水性の細菌が原因だと結論づけた。彼はヌビアの上流で戦っていた近隣諸国が、死んだ動物たちを川に捨てたせいだと考えた。コレラ菌といくらか形質的に似たところがある」パーキンズは話を続けた。「だが、いくつか稀な遺伝的相違もある。われわれは問題の細菌の再構成に成功してから、その研究にかなりの時間を投入しました。われわれは病原体にある変種を見つけた。それは染色体の構造を変える能力を備えていた。とりわけ男性のY染色体をターゲットとする。それは男性の死因の多くを形成しているように思えた」

「すると、この疫病は今日、生きているんですか？」

「残念ながら。フレイジャーはそれが、現代のコレラに対処するワクチンの開発のカギを握っているのではと考えた。それゆえに、彼はその複製を決意した。その過程にはたいそうな制約が伴った。とりわけ、それが水道水の処理に使われる塩素のような化学薬品に耐性があることを発見してからは。むろんそれは、エバンナが後を引き継ぎ、われわれが所持しているものを彼女が知るに及んで一変してしまった」

「すると、彼女はエボルーション・プレイグを汚染制御バクテリアと偽ってばらまいているのですね？」ピットは訊いた。「われわれはＥＰ、それにＢＲと記された製品の配備を示す地図を見ました」

「その〝BR〟はわれわれの主要なBR、生物学的環境修復商品で、おもに原油流出に使われる。それは完全に安全で、かつ効果的である。しかし、〝EP〟は〝エ(E)ボリユーション・プ(P)レイグ〟を表わす」パーキンズの声は小さくなった。「彼女はそれを、染色体変換性をより無害の形態に保ちつつ、遺伝的に組み替えることを私に強いた。彼女は私の妻を脅し、私をここに閉じこめた。妻はおそらく私は死んだものと思っていることでしょう……彼女がまだ生きているとしても」

彼は黙りこんだ。タンクの溶液が彼らの膝に達した。

「どうです」ピットは訊いた。「コレラの症候は配布によって変わりましたか?」

「われわれが副作用の検討可能な地域での最初の配布後、即死力を弱めるために三度にわたって修正が行われた。マキーは注目を引かずに配布することを望んだ。最初の二つの製品、EP‐1とEP‐2はコレラに似た強い症状を、弱った男性、とりわけ若い男性にもたらした。これは当初の疫病からじかに持ちこされたものだった。カイロとムンバイでは、恐ろしいほど死者が出た」彼の声はまた沈んだ。「私が聞いたところでは、第三の製品は致命的ではなかったそうです」

「致死力がないのなら」ジョルディーノが訊いた。「なぜ彼女はそれをばらまいているのだろう?」

「なぜなら、それがDNAに影響を及ぼし、男性化を阻止するからです」パーキンズは答えた。「そうなんです、エボリューション・プレイグのユニークさは、たんにその強靭さにあるわけではない。抗生物質耐性菌の新しい変種は常時現れている。違いは、それが微小核細胞レベルに及ぼす影響力です。問題の細菌は細胞質に含まれており、Y染色体中のSRY、性決定遺伝子を阻止する働きを内蔵している」

「そこのところをもう一度、英語で言ってもらえませんか、博士？」

「要するに、繁殖期間に男の胚が形成されないということです。いったんエボリューション・プレイグに感染すると、女性は女の子どもしか身籠らない。それ故に、アクエンアテンの息子ツタンカーメンが亡くなって、エジプトには男性の王位継承者が五〇年いなかった。かりに地球上の女性がみんな感染したなら、男性は消滅する。オードリー・マキーが言ったように、われわれは死滅する血脈の最後となる」

「なるほど、それがブーディカ姉妹会の背後にあるのか」ピットはつぶやいた。

「ええ、あの姉妹会は」とパーキンズは応じた。「男性の絶滅を求めているのです」

「しかし、女性は追随しないのでは？」ジョルディーノが訊いた。

「遺伝子複製技術は進歩しているので、そんなことは起こりえないとは言いきれない」パーキンズが言った。「人間の無性生殖はすでに研究室では可能になっている。女性は男性抜きで繁殖できる。それは時間の問題に過ぎない」

「だと、きっとマキーはすべての女性がこの新しい世界秩序を支持していると強気なことだろう」ジョルディーノがつけ加えた。

「彼女たちのタンカーでエボリューション・プレイグを全地球上に配備しているので」ピットが言った。「彼女たちの態勢はかなり整っているものと思われる」

「彼女たちは淡水湖、それに大首都圏で飲料水を提供している運河に焦点をしぼって散布している」

「奇妙な海難事故を画策して」ピットが言った。

「その通り。そうした事件があると、彼女たちは現場に現れて自社の生物学的環境修復剤で原油流出を解消したうえで、秘かにエボリューション・プレイグを現場に撒く。カイロ、ムンバイ、シャンハイ……そうしたあらゆる場所で、主要な水処理場の誘水口の近くで散布する。細菌は水処理の過程に耐え抜き、水道の蛇口から女性に感染する。すでにどのくらい感染が広まっているか、知りようがない」

「彼女たちがそんな手口で、地球上の全女性に手を伸ばすのは無理だ」ジョルディーノが言った。

「無理です。だが、それでも、何億もの女性が感染している恐れが多分にある。性別のバランスが永久に変えられてしまった可能性がある。しかし、私がもっと案じているのは、これがまったく新しい有機体であることです。それが突然変異によって、さらに致命的な形態になる傾向について、われわれはなにも分かっていない」

別のバルブが開けられ、溶液の二番目の奔流がタンクに注入されはじめた。男たちは溶液が急速に脚を這いのぼるのを感じながら縄目に逆らい続けていた。

「どうにも、この縄相手に一向に埒があかないわい」ジョルディーノが声を掛けた。「あんたは？」

「まるでだめだ」ピットは答えた。「だが、名案が浮かんだ」

「ほんとうか。あの黒髪の女を会議室から呼び出して、われわれを解きに来てもらったらどうだね？」

「実のところ、俺が考えているのは別の人間だ」ピットは言った。「わが親愛なる分身、ユージン・アンドリユーズ博士さ」

52

ユージン・T・アンドリューズ博士はグラスゴー大学の生化学のPhDで、バイオレム・グローバルが危険な病原体をばらまいていることを知って、数週間前に同社を退職していた。エバンナ・マキーは彼の口封じに多額の退職金を払うことに同意したが、彼が一車線道路での奇怪な事故のために死んでいるのが発見されたので支払う必要は無くなった。

ピットは甦ったアンドリューズ博士が自分たちを、たんに彼の白衣の魔力で救ってくれると頼りにしていたわけではなかった。もっと正確には、彼の名札の魔力が。その名札は依然としてピットの外側のポケットに留められたままだったので、両方の腕を後ろ手に縛られている彼は触ることができなかった。彼は自分のほうへ身体を折って近づくよう、ジョルディーノに誘いかけた。いちど目で促しただけで、ジョルディーノは歯でバッジを咥えて白衣からもぎ取った。

それをピットにわたすのがまた一苦労だった。ただ、手首と肘は縛られていたが、両手は自由だった。ピットは向きを変えて梯子越しに指を伸ばし、ジョルディーノは彼のほうへ身体を捻り、顎を緩めてバッジを落とした。

溶液は彼らの腰まで上昇していた。ピットはバッジが指先を掠めて落ち、水をはじく音を聞きつけた。押し流される寸前に、ピットはそれをどうにか捕まえることができた。

「摑んだか？」ジョルディーノは訊いた。

「辛うじて。やってみないことには、これを鋭くできるか分からないが」

「そいつを早いとこやってもらえるとありがたいのだが」ピットよりほぼ三〇センチ背が低いので、溶液はジョルディーノの胸元へ迫りつつあった。

ピットはプラスチック製のカードを手の中で平らに持ちなおし、それを梯子の踏み段の奥の垂直の支柱まで滑りこませた。接合部分に小さいが荒い箇所があったので、ピットはカードの端をそこに当てて擦った。手早く何度も擦り、裏返して今度は反対側を研いだ。水中で作業をしているので、効果が上がっているのかどうか分からなかった。彼は一区切りつけて、親指を端にあてて滑らせてみた。はっきり薄く鋭くなっていた。

「うまくいったか？」ジョルディーノは訊いた。溶液が彼の首のつけ根に迫っていた。

「もうちょいだ」ピットは落ち着いた口調で応じた。友人が水かさが増したので怯みはじめたのが感じ取れた。ピットの反対側にいるパーキンズは、静かに溜息をもらしはじめていた。明らかに、運命を受け入れつつあるのだ。

ピットはそうではなかった。彼は刃を研ぎ続けた。一時しのぎの砥石にカードを強くしきりに押しつけて。また試してみると、プラスチックの角は驚くほど鋭くなっていた。ロープ相手に試してみるべきだ。

彼は両手を捻って、カードをロープの張っている部分に添えて曳きはじめた。バターを切り裂く熱いナイフとはいかなかったが、研がれた名札がじょじょにナイロン製のロープに喰いこんでいくのが感じ取れた。

「俺は間もなく、かなり大量に飲まされることになりそうだ。断っておくが」ジョルディーノは知らせた。溶液が彼の顎のあたりで飛び散っていた。

ピットは速度をあげた。ロープが切れはじめたのを感じ、いっそう強く擦りつけた。やがて、ロープは断ち切れた。

「やったぞ、アル」彼は知らせた。

切れたのはロープのほんの一部だった。それでもピットはもがいて手首のロープを緩め、両手を抜き取った。つぎに、梯子に肘を縛りつけているロープから左右の腕を外した。

ジョルディーノはなにも言わなかった。だがピットには、彼が顔を水面の上に出しておくために、緊張し喘いでいることが伝わってきた。

ピットはジョルディーノの肘のあたりに手を伸ばし、濡れたロープの端を探り当てようとした。端はきつく縛られていた。ピットは水中に潜り梃子の力を強め、手早く端を梯子から外し、つぎに残っているロープをジョルディーノの両手から解いた。

「ありがとう……兄弟……」ジョルディーノは咳きこみ、喘ぎながら言った。「あやうく漬け物にされるところだった」

ピットはすでにパーキンズのほうへ移動していた。彼はジョルディーノより頭一つ長身だった。ピットが科学者のロープを解いてやった時、溶液は彼の顎に迫りつつあった。彼ら三人はしばし梯子にしがみついて体力の回復をはかった。

「さあ、ドアを開けなくてはならん」ピットが言った。

彼らは奥の壁際まで泳いでいき、手探りでハッチを探した。ピットが最初に探り当て、また水中に潜ってホイールロックに手を伸ばした。彼はドッグレバーを回してハッチの錠を外し引っ張った。ドアはびくともしなかった。彼は水面に浮上して一息ついた。

「ハッチはここにある。これだけの水の力に対抗するにはもっと梃子入れが必要だ」

ジョルディーノがすぐさま隣で水を跳ね散らした。「こっちはいつでもいいぜ」

彼らは水中に潜り、レバーをしっかり摑んだ。ピットはタンクの側面に片方の足を押しつけ、二人力を合わせてハッチを引っ張った。ドアは少しばかり開いたが、すぐさま溶液の力を受けてぴしゃりと閉まってしまった。二人は水面に引きかえして息継ぎをした。

「なにか隙間に挟む物がいる」ピットが言った。「水圧から解放されるまで」

「ここには役に立ちそうな代物などあまりないな」ジョルディーノは言った。

パーキンズが梯子の所へ戻ってきていて、ハッチが束の間だが開いたときに射しこんだ光を目撃していた。「私は頑丈なブーツを履いている」と彼は言った。「あなたたちがまたこじ開けられたら、私はつま先を押しこめるかやってみる。足掛かりってやつです、言うなれば」彼は泳ぎ寄って二人に加わった。

「足を失いかねませんよ」ジョルディーノが言った。

「命と引き換えなら、割りのいい取引でしょう」

ピットとジョルディーノはまた水中に潜った。二人はタンクに足を押しつけて踏んばり、レバーを引っ張った。ドアはわずかながら開き、またバシャリと閉まってしまった。二人の望みは萎(しぼ)むいっぽうだったし、彼らはそれを意識していた。

ピットはジョルディーノの腕を、一本、つぎに二本、さらに三本の指で軽く叩き、もう一度力をふり絞った。ありったけの力を加えると、ハッチは勢いよく数センチ開いた。彼らは頑張ったが力が失(う)せ、それから握っていた手を離して猛然と水面に向かった。

タンクの様相は変わっていた。銀色の光が射しこんでいて、天井に波打つ影を創りだしていた。その光源のそばに、パーキンズが曰くありげな表情を浮かべて立っていた。彼の周りで奔流が低い音をたてていた。

「やったぞ」彼は口走った。

彼のブーツの分厚い底は押しひしがれながらもドアを開けた状態に保ち、水は勢いよく流れだしていた。パーキンズは懸命に両足を固定し、身体をタンクの側面に平らに添えて吸引力を最小限に抑えていた。

水位がなかなか下がらなかったので、パーキンズがその体勢を一、二分保っているうちに腰の高さにまで落ちた。そこで、ピットとジョルディーノは力ずくでドアを完全に開けると、残っていた溶液が噴流となって出ていった。

パーキンズはタンクから流出する水中に足を攫(さら)われて倒れこみ、濡れた床に大の字になった。ピットが彼を立たせてやり、自分の隣に引き寄せた。

警報が鳴り響いた。溶液が床を過ぎって広がっていったのだ。遅すぎた。ピットが怒声を聞きつけた時には、制御室から武装した一人の男が彼らに向かって来る姿が目に映った。先ほどの技術者に取って代わった年若な男で、茶色の繋ぎを着てピストルを構えていた。彼はピットとパーキンズのかなり手前で立ちどまり、震える手で狙いをつけた。

年季の入った警備員ではないとピットは見抜き、パーキンズと一緒にタンクの弧を描いている側面沿いに前へ進みでた。

「そこを動くな！」警備員は命じた。

ピットは片方の腕をあげ、パーキンズに手を貸しながら一緒に歩き続けた。

「医者の手当てがいる」ピットは間合いを詰めながら言った。

「そこを動くなと言ったはずだぞ」警備員は数歩後ずさって距離を保とうとした。それで十分だった。ピットは計算ずみだった。これで彼はタンクの出入口が見えない。

「医者を呼んでもらえるだろうか？」ピットは話しかけた。「私の友人の脚は折れているんだ」

技術者はパーキンズのひしゃげた靴にちらっと目を向けた。彼は腰の無線機に手を伸ばし、送信ボタンを押した。「助けが必要、製造室」

彼はピットに向き直った。「もう一人はどこだ？　三人だったろう？」

ピットは首をふり、足許を見つめた。「溺れ死んでしまった」

ピットは顔をあげ、ピストルを持っている相手に強いて目を凝らした。それは楽ではなかった。もう一人の男が技術者の背後を移動しているのが見えていたから。ピットの望み通り、ジョルディーノはタンクを抜けだして裏側を回ってきたのだ。

警報が鳴り、水が波打っているので、ジョルディーノの接近を覆い隠すには十分だったが、ピットは話し続けて相手の注意を引きつけた。

「われわれは手を下ろしていいだろうか?」ピットはゆっくり腕を下ろした。「誤解だよ。われわれはタンクの点検係で修理を任されたのだ。いくつも漏れている個所が見つかった」

「腕をあげていろ!」相手はピストルで天井のほうを指した。彼はタンクの側面に動く影を捉えた。彼が向きを変える前に、ジョルディーノは飛びだしてベアハッグで締めあげた。

技術者は振りほどこうともがいたが、ジョルディーノの圧力に勝つ術はなかった。ピットは進み出てけりをつけた。頭の左右に一発ずつパンチを叩きこむと、技術者はほとんど意識を失った。ジョルディーノは彼のピストルを奪い取り、彼は床に崩れ落ちるに任せた。

「君はここの仕事にありつけないな、従業員をこう手荒に扱っちゃ」ピットが話しかけた。

ジョルディーノは首をふった。「ここの退職金制度はお粗末らしいぜ、いずれにせよ」

彼らはパーキンズを抱き起こし、裏手のドアへ向かった。

年配の科学者は片手をあげた。「ちょっと待ってくれ、よければ」パーキンズはよろめきながら制御台に向かい、レバーを倒してダイヤルを捻りはじめた。頭上に並んでいるバルブが開き、さらに液体が床に降り注いだ。パーキンズは目を煌めかせながら、ピットとジョルディーノに加わった。「騒ぎに追い打ちをかけてやったので、しばらく連中は忙しい思いをするだろう」

彼らは裏手に面したドアへ急ぎ、ジョルディーノはピストルの弾丸(たま)を二発、ロッキング装置に撃ちこんだ。

ピットがドアを押して開けると、舗装された通路がくねりながら入口へ向かっていた。彼らの前方には、低木の生い茂った庭が湖岸まで伸びていた。ジョルディーノはパーキンズの腕を摑んでドアを潜らせてやったものの躊躇した。ピットが動かなかったのだ。「いよいよおさらばする段になって、感傷的になったのか?」彼は訊いた。

「計画が要る。エボリューション・プレイグの配備先とそれを運んでいる船の名前を知る必要がある」

「その情報なら、会議室の緑色のバインダーに収まっているはずだ」パーキンズが言った。

「忘れるな、あそこのわれらが眠れる友は、つい今しがた助けを求めたばかりだ」ジョルディーノが注意した。「もっと武器を使い慣れた連中が間もなくここに現れるぞ」

ピットは無言でうなずいた。

ジョルディーノは、ピットに思い留まらせようと思っても無駄なことを知っていた。彼は技術者から奪い取ったピストル、シグ・ザウエルＰ３２０をピットにわたした。

「俺たちはシー・ニンフ号で待っている」

ピットはピストルを鷲づかみにした。「やってみる。心配は無用」

どちらも急いだ。ジョルディーノはパーキンズを誘導して裏のドアを出て埠頭に向かい、ピットは製造室を横切ってその正面のドアへ向かった。

ピットが部屋を出ると、廊下に溶液が漏れ出てひろがっていた。施設全体が混乱に陥っていた。警報が鳴り響き、人が廊下を右往左往していた。犬小屋を逃げだした犬たちが吠えたてながら庭を走り回りはじめていた。

「いったいどうなっているんだ？」白衣姿の男が悪態をつきながら、ピットの横をあたふたと通り抜けて水浸しの部屋に入っていった。

白衣のお蔭で、水浸しで廊下を急ぐピットに怪訝な眼差しを向ける者はほんのわずかしかいなかった。廊下の外れ近くから、黒っぽい身形の男たち何人かが彼のほうに猛然と走ってきた。彼が空き部屋に潜りこんで見つめていると、リチャーズと警備員二人が製造室のほうへ走っていった。

ピットはその部屋を出て会議室へ向かった。ありがたいことに、人気(ひとけ)はなかった。部屋を横切り、緑のバインダーを探した。数分かかったが、最後の棚でそれが見つかった。表紙に簡単なラベルが貼ってあった。ＥＰ配備。

「そいつはここに置いといてもらおう」背後で野太い声がした。「よければ」

ピットが肩越しに見ると、リチャーズが部屋に入ってくるところで、両手でピストルを構えていた。

53

ピットはバインダーを身体の前にかかえて、ゆっくり戸口のほうを向いた。リチャーズの息遣いは荒かったが、ピストルをしっかり握っていた。

「水が漏れているので、対処しなくてはならないのでは？」ピットは訊いた。

「防ぐとも、あんたの死体でな」リチャーズは言った。「その帳簿を下ろして、私と一緒に来たまえ。われわれの会議室を汚したくないんだ」

それだけ聞けば、ピットには十分だった。リチャーズはピットが緑のバインダーの後ろに隠しているシグ・ザウエルに気づいていなかった。しかし、狙いをつけて発射する態勢にはなかった。まだ今のところは。

ピットは前へ一歩踏み出して態勢を整えた。「この帳簿には興味をそそることが詳しく記されている」ピットは話しかけた。「君や君のボスをこの娑婆からたっぷり閉めだすに十分値するだけのことが」

「もう一度だけ言う。その帳簿を下ろせ」

「ほら、受け取るがいい」ピットは距離が離れているのに、左の手でバインダーを差し出した。彼はそうしながらシグ・ザウエルを右手に持ちかえ、表紙越しに二発撃った。

九ミリ弾は二発ともリチャーズの胸板に喰いこみ、彼は後へのけぞった。倒れこみながら彼は二度引き金を引いたが、いずれも天井に食いこんだ。会議室のドアにぶつかり床に滑り落ちると動かなくなった。彼の生気を失った目が、近づいていくピットを虚ろに見つめた。

「今度は、まず撃って、お喋りは後にするがいい」ピットは声を掛けた。

ほかの警備員たちが製造室に集まっていることを計算に入れて、ピットは入口を目指して廊下を歩いて行った。彼は製造室へ向かうさらに多くの研究所の作業員たちとすれ違った。ほとんどの者が、濡れた白衣姿で緑のバインダーとピストルを携えている男にかかずらおうとしなかった。

正面の警備員デスクには人気はなく、ピットはその横を通りすぎて玄関から出ていった。夜明けの最初の曙光が大空を過ぎって射しこみ、湖に懸かっている灰色の霧を照らしだしていた。その光景は静寂だったが、湖上のどこかで一艘のモーターボートの音がしていた。

ピットは低い生垣の間を縫って、湖岸へ向かう石の通路をたどっていった。埠頭が視野に入ってきたおりに、彼は前方に動きを捉えた。それはパーキンズとジョルディーノで、建物の裏手から出て敷地を曲がっているところだった。パーキンズは依然として脚を引きずっていて、彼の脚は本人が露にしている以上にひどく傷んでいた。二人はピットよりずっと先に埠頭に着いた。

モーターの音が高くなり、モーターボートが速度をあげて近づいてきていることがピットには分かった。数秒後に、マキーのボートハウスで目撃したことのある黒っぽいモーターボートが、霧の中から飛びだしてきた。

操縦士がエンジンを切ると同時に、攻撃用ライフルの断続音がそれに取って代わった。モーターボートの上で銃口が火を噴き、パーキンズがジョルディーノの横に崩れ落ちた。

ピットは全力で走りだした。シグ・ザウエルを持ちあげ、モーターボートを狙って四発撃ちこんだ。スライドが最後の一発で開いたままになってしまった。ピストルを脇に投げすてた瞬間に、またボート上で銃口が閃光を放った。彼の前方の通路は細かい断片を吹きあげた。ピットは横に飛び、生け垣越しに小さな一本の木の陰に転げこんだ。

数秒後に、銃弾が埠頭と湖岸を掃射した。ジョルディーノはパーキンズを引きずって埠頭から引き離し、水際の薄手の遮蔽物の後ろにしゃがみこんだ。彼らはさし当たり殺し屋の視界から逸れていたが、ボートが埠頭に接岸したら万事休すだった。

ボートが近づいてきたので、ピットは自分たちが先刻入りこんだ小さな制御室がすぐ左手にあることを見てとった。彼は白衣を脱ぎ捨てた。このままでは格好の標的にされる。そして、建物を目指して疾走した。見破られずに走り、踏み段を飛び下りて戸口へ駆けこんだ。殺し屋はジョルディーノとパーキンズに向かって短く連射を続けた。その間もボートはゆっくり埠頭に近づきつつあった。

ピットは制御室に入り制御盤に駆け寄った。ボタンの列に目を走らせ、動力というラベルを張られたスイッチを捻った。緑色の光が数個点灯し、分割スクリーン・ビデオモニターが作動した。左側のスクリーンは埠頭の注水設備のライブ映像を映しだしていた。右側のスクリーンは動画で埠頭の設備の側面図を示していて、接近中のモーターボートの疑似画像がしっかり表示されていた。

ピットは転送用ポンプと記されたレバーに目をとめた。それはタンクの番号の貼ってあるダイヤルの列の横にあった。彼がビデオモニターにちらっと視線を走らせると、黒っぽいモーターボートが視界に入ってきた。ボートはまっすぐ埠頭に近づき、今は平行に向きを変え埠頭沿いに動力を切って浮かんでいた。灰色の朝の光を通して、彼はボート上の三人を見届けた――操舵(そうだ)している女性、攻撃用ライフルを携えた男、それに、その男の後ろに座っているもう一人の女。

ピットは三人全員に見覚えがあった。操舵手と殺し屋はピットとエリーズをナカムラ博士の部屋で殺そうとした襲撃者たちで、ＢＭＷで彼を尾行していた者たちと思われた。残る女性はオードリー・マキーだった。

ボートは転送用ホース・アッセンブリーの真正面に繋留しつつあった。ピットは制御盤に手を伸ばし、出鱈目(でたらめ)にタンク#３と記されているボタンを選び、ポンプ制御レバーを作動させた。電動モーターが彼の脚の下で唸り、一列の計器盤ライトが点灯した。製造室のどこかで、タンク#３がなんらかの成果をもたらしてくれることにピットは望みを託した。

モーターボートは埠頭にぶつかり、操舵手は腕を伸ばして船尾の舫綱を耳型綱止めに固定した。殺し屋は座席から立ちあがり、片足を埠頭に乗せた。その途端に、大きなゴボゴボという音が転送施設で生じた。彼が顔をあげると、生物学的環境修復液が消防ホースから飛び散るように先端から飛びだしてきた。

その道筋にまともに立っていたために、放水は殺し屋の胸板を叩き、彼は後へ押しやられた。彼はオードリーに倒れこみ、二人ともボートの床に投げだされた。

ボートが水浸しになったので、ピットは次の行動に移った。彼は横へ移動して、埠頭の上下を操作する単純なレバーへ向かった。レバーを押しあげるとビデオ・スクリーンに目をやって結果を確かめた。

湖面の変動に応じて調整するために作られた油圧装置は、現在の湖面の三メートル上にあった。ピットがレバーを持ちあげると埠頭が真っすぐ上昇し、それにつれて警備用の網が湖面の上へ引きあげられた。船尾の繋留索で固定されていたので、モーターボートの後部も持ちあげられた。

なにが起こっているのかに気づき、操舵手は繋留索を解こうとしたが、つんのめってうまくいかなかった。ボートが前方に傾いていたせいでよろめき、操舵手はオードリーと殺し屋にぶつかってしまった。三人は水浸しの船内にしがみついた。ボートは逆立ちに近かった。

舳先(へさき)が湖水のためにますます重くなるにつれ、ボートはゆっくり埠頭のほうへ捻(ね)じれた。露天操舵室は垂れ下がった警備用網にぶつかり、網が舳とフロントガラスに絡みついた。

ボートがクモの巣に捕まったハエも同然なのを見て、ピットは制御装置を逆に回して、埠頭を沈下状態にした。油圧装置はたちどころに作動し、埠頭は湖面の下に沈みこんだ。制御室の中でさえ、モーターボートの乗組員の悲鳴がピットに聞こえてきた。絡みつかれたボートは真っすぐ凍てつく水中に曳きずりこまれた。ピットはオードリーの姿を一瞬モニター上に目撃した。網から自由になろうともがいているうちに、ボートは薄暗い水中に沈んでしまった。

ビデオの画面が急に黒くなり、制御盤の照明も消えてしまった。ピットの足許で電動モーターの唸りが停まった。中央施設のどこかで電源が切られたのだ。ピットは制御室に見切りをつけて埠頭へ走った。

「君たちだいじょうぶか？」

ジョルディーノは隣にパーキンズを従えて立って、沖合で沸きたつ気泡を見つめていた。彼はピットが近づいてきたので向き直った。

「あれはあんたの細工か？」

ピットはうなずいた。「連中の警備システムはちゃんと稼働しているようだ」彼は近くの水面を見わたした。どこにも、ボートも乗っていた者たちの影も形もなかった。

ジョルディーノはパーキンズを見つめ、二人ともに笑いを浮かべた。

「一丁あがり」

54

研究所の警報が静かな朝の空気を断ち切る中で、ピットとジョルディーノはパーキンズの傷の手当てをした。彼は脛に銃弾の擦り傷を、太ももに貫通銃創を受けていた。ピットは白衣を取りもどして、その袖を包帯代わりにして両方の傷を縛った。

負傷にもめげずパーキンズの動きは敏捷で、ジョルディーノの肩に片方の腕を掛けて湖水に覆われた埠頭を水を蹴散らしながら進んだ。彼らは朦朧としていた例の番犬の様子を伺った。湖水に落ちて目を覚まし、近くの岸辺を目指して泳いでいた。ピットは潜水艇の舫綱を取りこんだ。埠頭の急激な変動の際に切れてしまったのだ。そしてみんなで潜水艇に乗りこんだ。座席は二つしかないので、ジョルディーノは助手席をパーキンズに譲って、すぐ後ろのハッチラダーに腰を下ろした。

潜水艇を埠頭から離れさせるピットの顔は張りつめていた。ジョルディーノにはその理由が分かった。

ローレン。

　ピットは潜水艇を最大の速度で湖上を走らせて、真っすぐマキーの館へ向かった。船小屋のドアは開け放たれていたので、その狭い入口を通り抜けて埠頭へ向かった。ジョルディーノがハッチを開け、舫綱を持って埠頭に飛び乗る間に、ピットが潜水艇から出てきた。

「見事な潜入だ」ジョルディーノは声を掛けた。「ここからどこへ行く？」

「君はパーキンズをこのニンフ号で医者へ連れて行くのが最優先だ。湖岸沿いに東へ行くがいい。ドラムナドロキットという町が八キロほど先にある。入江にあるマリーナを探せ」

「君はだいじょうぶだろうな？」

　ピットはうなずいた。

　一分後に、ジョルディーノはパーキンズを伴ってニンフ号で船小屋を出た。ピットは船小屋のドアへ向かった。彼は館の地下へ入っていき、片隅の階段を上って一階へ出た。廊下には人気（ひとけ）がなかったので、彼は自分の部屋へ向かった。不安を募らせながらドアを開けた。部屋は空っぽだった。

　ピットは正面の円形広間を過ぎって食堂を調べた。そこも空っぽだった。ピットは廊下沿いに湖のほうへもどり、片隅の階段へ引きかえし地下へ下りて行った。ワインの棚の横を通りすぎて小さな部屋に入り、裏手の戸口で立ちどまった。その先の廊下には灯が点っていて、いちばん奥の両開きのドアの向こうからかすかに人の声が漏れていた。

ピットは逡巡し、兵器ケースの中の武器に視線を走らせた。刀剣の中に、目を引くものが一つあった。それはイギリス製の火打ち式ボーディング・ピストルで、スプリング式銃剣がついていて、八角形の銃身の先から突き出ていた。そのピストルは展示ケースの中に、黒色火薬の容器、詰め物の木綿のパッド、それに鉛玉の入ったお盆と一緒に飾られていた。

ピットはケースを開けて、火薬の容器を調べた。びっしり詰まっていた。銃身に火薬を入れ鉛玉を詰めもので包み、それを添えてある槊杖で銃身に押しこんだ。今度はピストルを手にとって火打石を調べ、起爆用火薬を火皿に注ぎフリゼンを閉じた。彼は弾込めをした銃をベルトの後ろ手に押しこみ、廊下を歩いていった。

通りすぎる側面の部屋は暗く、彼は廊下の端の両開きのドアへ向かった。彼は片方のノブに手を載せて少し回した。マキーの声がこちら側まではっきり聞こえた。一息吸いこむと、ドアを押して開き中に入った。

彼は驚いた。趣味よく飾られたラウンジがまるで温泉になり代わっていた。鉢植えの植物や一筋の屋内の滝が大きなソファー一つと数脚のリクライニング・チェアを取り囲んでいた。背もたれの高いマッサージテーブルの列が真ん中に置かれてあって、しっとりとした紫色の照明を浴びていた。ローレンはそうしたテーブルの一つにもたれていた。隣にはオーストラリアの女性アビゲイル・ブラウンが収まっていた。さり気ない寛ぎの気分が、女性たちをテーブルに縛りつけている腕と脚の革紐のせいで一掃されてしまった。それぞれにイヤホーンを付け、大きなバーチャル・リアリティーのゴーグルを頭に掛けていた。各人の脇には小さな手術台が置かれてあって、薬のビンと注射器が並んでいた。

ピットの嫌悪感は、あのトラックを運転していたイレーネという名の受付係の姿によって頂点に達した。彼女は拘束されている女性たちと繋がっているコンピューター・ワークステーションから顔をあげて睨みつけた。

彼女の隣に立っていたエバンナ・マキーは歯を剥いて、ホッキョクオオカミなみの温かさのこもった笑いを浮かべた。「あら、ミスター・ピット。お会いしたいとお待ちしていたんですよ。しかし、生きたお姿でではなく」

ピットは一歩、彼女のほうへ踏み出したが凍りついた。ピストルの冷たい鋼鉄を首筋に押しつけられたのだ。

55

レイチェルはドアの後ろに立って、彼が入ってくるのを待ち構えていた。ピットはイレーネのワークステーションのモニターが、館全体から送られてくるビデオを映していることに気づいたが、それは一瞬遅かった。彼女たちはピットが館に入った瞬間から、彼のあらゆる動きを監視していた。

「拷問への招待状を忘れてきてしまった」彼は言った。

「あなたを招待しておりません」マキーが応じた。「それに、拷問は行われていませんよ。少なくともまだ。ささやかな心理学的再教育を行っているにすぎません、言うなれば」

「どうやって精神を改造するかについては、それなりにご存じかと思うが」

ピストルの銃口がピットの首筋にさらに強く押しつけられた。

「あなたの美しい奥方は痛めつけられてなどいません」マキーは言った。「彼女は寛いだ状態に導かれ、女性の姉妹会にみなぎる平和、愛、さらには信頼に満ちた仮想世界にいます。彼女が目覚めた時に、男性に対する敬意が薄れているとたぶんあなたは感じるでしょう。ですがむろんあなたが、私たちと長くご一緒することはないでしょうが」

「男子禁制ですか？」

「ええ、彼女が現在いる世界では。そうです、私たちの明日の世界では」

「数を増やすのには、ずっと二人必要だと思ってきましたが」

「そこは科学が面倒を見てくれます、ミスター・ピット。男性を必要としない受胎はすでに科学的事実です。遠からず、それが一般になるでしょう」

「あなたの描く世界に同意しない人が大勢いると私は思うが」ピストルがまた彼の首筋に押しこまれ、レイチェルがピットの耳元に身体を寄せた。「ミセス・マキーにそんな口調で話すんじゃない」

「あなたの出番は終わりだ、マキー」

マキーがレイチェルにうなずくと、大柄な女はピットを小突いて、ローレンの隣のマッサージテーブルのほうを向かせた。ピットがよろめきながら足を踏みだすと、レイチェルが彼の背中の火打ち式ピストルを引き抜いた。「屋敷の品物を盗むのもいけませんね」彼女は言った。自分のピストルを漫然とピットに向けたまま、レイチェルはトレーテーブルに近づき、そこに火打ち式ピストルを置いた。

彼女の指がピストルから離れたとたんに、ピットは振り向きざまに彼女の腕を脇に払いのけた。彼女が反応する前に左のアッパーカットをレイチェルの顎に綺麗に叩きこんだ。

彼女の顔は後に弾かれ、膝から崩れ落ち、遊んでいる腕を弱々しくあげて抵抗しようとした。

ピットは背後でする足音を無視して、彼女の腕を殴りつけて横にそらした。彼は腕を伸ばして彼女のもう一方の手からピストルを奪った――その瞬間に、背中にチクリと痛みを感じた。それに、猛烈な電気ショックが続いた。

後ろから、イレーネがスタンガンをピットに発射し、彼の体内に一〇〇〇万ボルトの電流を瞬間的に送りこんだのだ。そのショックで痙攣(けいれん)が四肢を駆け抜け、強烈な痛みが身体全体を貫いた。彼がレイチェルを離し、もがきながら立っていると、イレーネがスタンガンを構えて第二の襲撃の準備をした。

レイチェルは十分回復して前へ踏みだし、ピットをマッサージテーブルに押しつけた。ピットはその上に後ろ倒しになりながら感覚を取りもどそうとした。イレーネとレイチェルは飛びだして、ピットに逆らうチャンスを与えずに左右の手足を縛りあげた。つぎにレイチェルは、彼の顔に強烈な平手打ちを食わせた。

マキーは笑いを浮かべた。「あなたの無神経な行いは度を過ぎているわ、ミスター・ピット。しかし私たちは依然として、あなたの奥さんに大いなる期待をかけています」

ピットはなにも言わなかった。感覚がゆっくり四肢に戻りつつあった。彼はローレンを見つめ、屈服を強いられた自分自身を呪った。

マキーの携帯電話が鳴り、彼女は電話に出るために片隅へ歩いていった。彼女の顔は無言で聞いているうちに青ざめ、やがて電話を切った。彼女は敵意に満ちた眼差しで見つめながらピットに近づいた。「オードリーになにがあったの?」彼女の声は囁きをほんの少し上回っているにすぎなかった。

「彼女はネッシーと泳ぎに行ったはずだ」

マキーは彼を見つめた。首をふりはじめた。彼女の揺るぎない冷静な輝きは消え失せてしまっていた。彼女の眼差しは狂気を帯びた。彼女はピットから離れた。イレーネに走り寄り、彼女の耳許につぶやき、つぎにレイチェルに向かって身振りをすると、レイチェルはマキーの隣へ行った。そして大柄なレイチェルが震えるマキーを支えながら、二人一緒に部屋を出ていった。

イレーネはピットとローレンの間に割って入った。彼女はＬＳＤをベースにした合成幻覚剤、ＬＳＺと記された小ビンを選び注射器に満たした。彼女は向きを変え、ローレンの袖をまくりあげてその腕に注射をした。

「彼女に手出しするな！」ピットは拘束に逆らってもがいた。麻痺(まひ)がようやく彼の四肢から去っていた。

「彼女はいまや私たちのものです」イレーネはポケットから携帯電話を取りだしカメラを作動させた。「さあ、にこやかに笑って、彼女を呼び覚まして」そう彼女は言い、ピットの顔を写真に収めた。

彼女はコンピューター・ワークステーションへ戻っていき、しばらくクリックしていた。ピットは拘束と戦い続けていたが、無駄なあがきだった。彼はローレンの姿を目の当たりにして、怒りで煮えくり返った。

ローレンはピットが部屋に入ってきてからずっと静かに横になっていたが、時おり身体が動きいくぶんか意識があることをうかがわせた。いまや、彼女の動きは頻繁になると同時に一段と苦しそうだった。彼女が身体をよじり拘束に逆らうと、イレーネは近づいて行って、もがくローレンを見つめて笑いを浮かべた。

「精神って素晴らしい」彼女はピットに話しかけた。「ある種の精神高揚剤の助けを借りると」――彼女は注射器の載ったトレーを軽く叩き――「仮想世界がすこぶる現実味を帯びる」

ローレンはさらにもがき、一声鋭く叫んだ。彼女の顔は、まるで見えぬ手に平手打ちを食わされているように左右に揺れた。

「やめたまえ」ピットは声を掛けた。

イレーネは下卑た笑いを浮かべた。「彼女をいたぶっているのは私ではなく、あなたなのよ。紛れもなく、彼女はあなたに責めたてられている」

ピットが歯を嚙みしめ拘束に逆らって力を入れていると、ローレンが悲鳴をあげた。彼女は脚を蹴ったり身体を捻ったりして拘束に逆らい脱け出ようとした。つぎに彼女は頭を後ろに反らしてさめざめと泣きだした。涙がヘッドセットの下に浸みだし左右の頰を伝って落ちた。

ピットはいまだかつてない怒りに、いや絶望感にとらわれた。「やめろ！」彼の五体の筋肉は、怒りのため皮膚を突き破って飛びださんばかりだった。

イレーネは声をたてて笑った。「それが停まることを望んだりしてはいけませんわ、ミスター・ピット。だって、あなたは暗示の本当の力を目の当たりにすることになるからです」

彼女はワークステーションに近づきモニターに目をやると、スタンガンを持ってもどってきた。「あなたの奥さんはあなたの暴力に屈してきた——そろそろ自立する時期でしょう」

ローレンは静かに身を震わせながら横になっていた。

イレーネはローレンの手足の拘束を解きイヤホーンを外した。最後に仮想現実のへッドセットを取った。

ピットはいまや妻の目を見ることができた。ひどく変わってしまっていた。日ごろ紫色で明るく生気に満ちた目が、暗く虚ろで不満げだった。彼女はイレーネを見つめて弱々しく笑った。

つぎに、ピットに視線を走らせると、一つ喘ぎ、そしてたじろいだ。

イレーネはかがみこんで身体を近づけた。ローレンの両肩をつかみ囁いた。「彼を必ず殺すんだ。彼を必ず殺すんだ、さあ」

ローレンはかすかにうなずいた。イレーネは彼女を立たせてやった。彼女はイレーネに支えられて少し立っているうちに身体のバランスが取れた。その間ずっと、彼女は嫌悪の表情でピットを見すえていた。

「ローレン」ピットは呼びかけた。

その言葉に彼女は身を震わせた。

イレーネはまた身を乗りだしてローレンの耳に囁いた。「さあ、殺(や)るの」

イレーネは古い火打ち式ピストルを拾いあげ撃鉄を起こし、それをローレンの手に握らせた。

ローレンはピストルに目をやり、つぎにピットに、そしてピストルに目をもどした。

「ローレン」

彼女はピットを無視し、ピストルを体側に下ろした。彼女は催眠状態で、遠くから油断なく見つめながら近づいてきて、ピットのテーブルの周りを回った。彼女は一瞬立ちどまり、アビゲイル・ブラウン、ワークステーション、それに注射針だらけのテーブルを目にしながら、なんの感情も示さなかった。彼女は焦点をピットへ戻し、神経を張りつめて彼のほうへじりじりと近づいていった。

イレーネはテーブルの反対側から、依然としてスタンガンを手に、うなずいて励ましながら近づいていった。

「ローレン」

彼女の顔はその声にしかめられた。その声はイレーネの声に取って代わられた。

「ちゃんと殺るの」

ピットはローレンを見あげた。彼女は冷たいロボットのような眼差しで見つめ返した。彼はローレンの虚ろな目に認識のほのかな兆しを探した。ほんの一瞬、認識の揺らめきを見たと思ったが自信は持てなかった。

決定的な瞬間が来た。彼女はピストルを持ちあげ引き金を引いた。

56

最初の陽の光で、リキはダークがまだ眠っているのを確かめた。コーヒーテーブルに載っている彼の携帯電話を手にとり、自分の旅行バッグを摑むと、バスルームに入っていった。ドアに鍵を掛けシャワーを出したが、すぐに身体を濡らすつもりはなかった。

リキはバッグを搔きまわして薄手のラップトップを取りだし、ホテルのＷｉＦｉにアクセスした。ウェブサイトを電話のモニタリング・ソフトウェア販売会社に繫ぎ、ある特定のアカウントにアクセスした。そのサイトの指示に従って彼女はダークの電話機を手にとり、ステルス・モニタリングのアプリをダウンロードした。

彼女は昨夜、メリトアテンの墓探しについて彼を質問攻めにしたうえで、自分の電話が故障したと偽って彼の電話を借りて、彼のパスコードを書き留めた。アンチウイルス・ソフトウェアを機能できなくして、リキは追跡プログラムをダウンロードし、秘密の携帯電話の番号をつけ加えた。その結果、彼女はいつでもダークの電話に掛けてそのマイクに割りこみ、近くで行われている会話を盗聴できることになった。

ダウンロードを終えアクセス・トラックをカバーすると、リキはシャワーを浴び服を着た。

ダークはシャワーの音を聞きつけ、彼女が部屋に入ってきたときには起きて服を着終わっていた。「君が起きる物音に気づかなかったよ」

「あなたを起こしたくなかったので」彼女はダークの電話を旅行バッグの後ろに隠した。「残念ながら、ダブリンで環境省の事務総長との午前会議があるの」

「今夜もどってこられるの？」

「あやしいわ。ある商用のディナーに出席する予定になっているので。明日の夜なら空いていそうだけど」

「では、その時に」

キスしながら、リキはダークの後ろに手を伸ばして彼の電話機をドレッサーに置いた。ドアへ行くと彼女は立ちどまって振り返り、ダークの目を覗きこんだ。そして、さっとまた向きを変えて廊下の先へ姿を消した。

彼女は旅行バッグを駐車区画まで持っていき、銀色のアウディに乗りこんだ。町中を二ブロック走り抜け、とある小さなホテルの前で車を停めた。ガビンとエインズリが歩道に立っていた。

「今朝、あなたをロビーで見かけませんでしたが」ガビンは助手席に滑りこみながら言った。

リキはその言葉を無視した。「私たちの乗る船は見つかったの?」

「ええ。しかし、ポートマギーではないですが」ガビンは答えた。「手ごろなレンタルがカーハーシビーンで見つかりました」彼は電話を持ちあげ、頑丈な作業船の写真を見せた。「朝早くメールをもらって探しあてた最高の船です。その点、ラッキーでした、なにしろこの時間なので」

「どこなの、カーハーシビーンって?」

「ポートマギーのこちら側のおよそ一六キロ。入江です、ポートマギーと同じに。われわれは車で行って、水上で彼らを待つことになります。彼らが早すぎない場合ですが。われわれが船の鍵を手にするのは、八時半になるでしょうから」

リキは腕時計をちらっと見た。「分かったわ、出発しましょう」彼女はそう言い、都市(まち)の名前を車のGPS装置に打ちこんだ。

彼女が運転してトラリーから南西へ走り、向きを変えてディングルベイ南岸沿いに進んだ。一時間足らずで、彼女たちはカーハーシビーンに着いた。色彩豊かな小さな街で、フェルタ川沿いに広がっていた。リキは都市のマリーナの隣に車を停め、ガビンが先に立って、帆船の間に停泊している青と白の作業船へ案内した。

「この船です」ガビンは知らせた。「ある引退した紳士がチャーターする客にレンタルしているんです。彼には一日タラ釣りに出かけるのだと言っておきました」

マリーナにはほかに誰もいなかった。エインズリは時間を確かめた。「八時ちょっと前です」彼女は知らせた。「ガビンと私は今朝、食事をする間がありませんでした。どこか町中で持っていくテイクアウトを探してはいけませんか?」

リキは車のキーを彼女にひょいと投げわたした。「私にはコーヒーを頼むわ、よければ。だけど早くしてね。それに、車を返す時に私のタブレットを持ってきてよ」彼女は埠頭にあった大きな収納箱に目をとめ、シート代わりに座りこんで待つことにした。

エインズリはアウディのハンドルの前に滑りこみ、ガビンは助手席に乗りこんだ。リキのタブレットはシートに置かれてあったので、彼はそれを拾いあげ画面を軽く叩いた。周辺の地図が現れ、彼らの現在地が中央に示された。

「沖に出たら荒れると思う?」エインズリは車を駐車区画から出しながら訊いた。

「水が怖いのか?」ガビンは鼻先で笑いながら応じた。

「船酔いがね」

「三二〇〇キロもの外洋が、ここアイルランドの沿岸に打ち寄せているんだ。きっと、いつも荒れているだろう」

グラスゴー育ちの彼女が青ざめた。ガビンはまた声をたてて笑い、タブレットの地図をじっくり眺めた。小さな赤い丸が一つ、トラリーから伸びている路上を移動しているのが目にとまった。

「われわれのお友だちがお出ましだ」ガビンはエインズリに見えるように映像を持ちあげた。「どうして仕事をここで片づけてしまって、船旅を省かないのだろう?」

「なにを言っているの?」彼女は訊いた。

ガビンはタブレットを叩いて笑った。「町中からもどったら、ちゃんとお目に掛けてやるよ」

ダークはリキが現れたことを、ホテルで手早く朝食を取るときにも、サマーには話さないままポートマギーへ向かった。彼らがトラリーの郊外を出発した時点では交通量はごくわずかで、向きを変えて西へ通じる脇道に入ると、トラリーの街は視界からは完全に消え去った。

「本当に彼らが埋葬するために、メリトアテンをスリアブ・ミス山から沖合の島へ移転したと思っているの?」サマーは走り去る平坦な牧草地を見つめながら訊いた。

「ありうるだろうな」ダークは言った。「かりに彼女の息子がスケリッグ・マイケルで死んだのなら、紛れもなく筋道が通る」

　道は彼らの右手のフェルタ川のすぐそばに沿って伸びていて、その川は幅を増して広い入江に注ぎ、入江は西の大西洋へ繋がっていた。ダークが運転して点在する古びた白い農家の脇を通りすぎていくうちに、道は海岸沿いに弧を描いた。カーハーシビーンの町の外れで短い直線道路に出たところで、彼はブレーキを踏んだ。前方の道を塞いでいる一台の車が目にとまったのだ。

　それは銀色のアウディだった。河口に懸かっている狭い二車線の橋に交差する形で停まっていた。車の自動点滅灯は瞬いており、不愛想な感じの女性が窓を開けた運転席に座って左腕を振っていた。

　ダークは速度を落として、橋の入口をうろついている身体つきのがっしりとした男の横を通りすぎた。見たところ、車の女性には関心なさげだった。

「なぜ彼女は道を塞いでいるのかしら？」サマーは訊いた。

「わからん。いっこうに困っている様子がない。彼女の背後で道が途切れているのかもしれない」

　ダークはアウディの前で車を停めた。彼が窓を下ろしはじめると、女は車のドアの蔭からピストルを持ちあげた。ダークとサマーに狙いをつけて、女は風防ガラス越しに三発撃った。

「しゃがめ！」ダークは怒鳴り、ダッシュボード下に深くかがみこんだ。

トランスミッションをリバースに叩きこみアクセルを踏みつけて、ダークは金属的な軋みをたてながら車を後退させた。ダッシュボードの上から覗いて方向を確かめようとすると、何発も銃声が空気を引き裂いた。つぎに、後ろの窓が粉々に叩き壊され、計器類が垂れ下がった。

サイドミラーに目を走らせると、先ほど横を通りすぎた屈強な男が道の真ん中に立っていた。彼は左右の腕をあげて、背後から武器を発砲していた。

「ここから脱出しないと」サマーは床に伏せながら迫った。

「やってるよ」ダークはつぶやいた。

十字砲火を浴びて、脱出する最善のチャンスは前方に突進することにしかない、と彼は腹をくくった。ブレーキを踏みこみ、ギヤをドライブに戻しアクセルを床に押しつけた。小型のレンタカー、ニッサンのクロスオーバー車は前進力を得て激しく揺れた。ダークが車を前方の女のほうに向けると、女は車を片側へ寄せた。接近して行きながら彼は車をスピンさせて、アウディの後部と橋の手すりの狭い隙間を目指した。

ニッサンのフロント・バンパーはアウディの後部パネルに音高くぶつかった。二台とも、地面から跳ねあがった。

ダークの望み通りアウディの後部は向きを変えたので、橋を渡って逃げ切る道筋が開けた。思いのほか、彼の車の後端は斜めからの衝撃を受けて横にぶれ、フロントのエアバッグが開いて、レンタカーの後部は橋の手すりにぶつかった。防護柵は薄い金属製の支柱にすぎなかったので、ニッサンのバンパーは突き抜けてしまった。

ダークはアクセルを踏み続けたが、車の後部は手すりを突破し、後端は滑って橋の縁に乗りあげた。車は宙づりになり後部のタイヤは宙で回転していた。つぎの瞬間、重力が作用し、車は後滑りして橋から落ちた。

水面まで三メートル足らずの落下だった。車は轟音(ごうおん)もろとも水を吹きあげて水面を叩き、ルーフが下になった。しばらく車は水に浮いており、動輪は依然として回転していた。やがて、音高く泡を立てながら車は水面下に沈んだ。

ガビンは橋の引き裂かれた手すりに走り寄り、端越しに覗きこんだ。くすんだ水中から時おり湧き上がる気泡が、車の墓所をわずかに示しているにすぎなかった。ピストルをホルスターに収めながら、彼はエインズリのほうを向いて笑いを浮かべた。

「思いのほかうまくいった」彼は垂れこめた空を見あげた。「もしこの雨が降り続き水かさが高いままなら、彼らは何か月も見つからないだろう」

彼はしゃがみこみ、叩きつぶされた側面の手すりを元に戻して損傷を目立たないようにしようとした。

エインズリは覚束(おぼつか)なげな足取りで近づき、自分の目で確かめた。細かい飛び散る波がいまだに岸辺を揺すっていたが、ダークとサマーのレンタカーの影も形もなかった。

遠くで、近づいてくる車の音が丘の連なりに木霊していた。

「私たち移動したほうがいいわ」彼女は向きを変え、アウディの傷んだリアフェンダーを指さした。「サドラーになんて言おう?」

「なに、彼女に本当のことを言うさ」ガビンは答えた。「連中は事故って衝突し、水の中で最期を迎えたと」

57

古い火打ち式ピストルは現代の銃より発射が遅い。ローレンが引き金を絞ると、ピストルの撃鉄が落ち、それに付随している火打石の切片が金属製のフリゼンを叩く。その衝撃で生じた火花が下にある火皿に落ち、点火薬が発火する。小さな炎が火皿の中で燃えあがる。その一瞬後に、黒色火薬が点火して火門を通り抜け、銃身内の装薬が爆発する。

ローレンはピストルを撃った。ピットではなくイレーネに向けて。受付係には一瞬反応する余裕があった。彼女は依然としてスタンガンを握りしめたまま、ピットを横切って突進した。ピストルを叩き落とそうとしたのだ。彼女は手を伸ばしすぎてローレンの手の甲を叩いた。その瞬間に、火打ち式ピストルは火を噴いた。

騒ぎの足許に横たわっていたピットは、スタンガンの紫色の光がローレンの手首のあたりに飛び散り、火打ち式ピストルから白い煙が頭上で噴出するのを目の当たりにした。つぎの瞬間、彼女たちは二人とも靄の中に消え失せた。

ピットの左側で、ローレンは輪を描きながら床に倒れこんだ。電気ショックと注射された薬品のために意識を失ったのだ。右手ではイレーネがよろめきながらテーブルから離れつつあった。脇腹を手で押さえ、両目は恐怖で飛びださんばかりだった。煙が消え去ると、血の染みが一つ、彼女の指の下の衣服から浸み出ているのが目撃された。胸骨のすぐ下のそこに鉛玉が当たったのだ。

イレーネは物を言おうとしたが、言葉が出てこなかった。つぎに歩き去ろうとしたが、脚もまた言うことを聞かなかった。彼女はトレーテーブルを引っくり返し、後退してアビゲイル・ブラウンにぶつかり床に倒れこんだ。仰向けに大の字になり、彼女は腹を握りしめ低く呻いた。

ピットには、その場の光景はすべて現実離れしていた。ローレンは薬のせいで意識を失って片側に倒れており、イレーネはその反対側で死に瀕していた。元オーストラリア首相は仮想世界に留まっていて関知しなかった。あらゆる展開の真ん中に挟まれて、ピットは横になっていた。しかしローレンが、突破口を残してくれていた。イレーネにショックを与えられた時に、彼女は火打ち式ピストルを落とし、それはピットの横に転がっていたのだ。

彼は身体をよじって動かし、ピストルを左手のほうに引き寄せようとした。指先が銃身にふれた。ピストルを引き寄せ、掌で握把を掴んだ。

彼の狙いはピストルではなく銃剣の刃にあった。彼はピストルを捻って、鋼鉄の刃を手首を縛っている紐に当てた。古い刃は鈍っていたが、まだ角があって革紐を擦り切るには十分だった。数分擦り、腕を強く引っ張るとついに紐は切れた。左手が自由になったので、胸を絞めている帯紐と右手の縄目を外し、つぎに左右の脚を解き放った。

彼はローレンに駆け寄り、抱きあげテーブルに寝かせた。彼女は瞬きをしながら目を開けた。意識を取りもどしたのだ。彼女はピットに焦点を当て警戒をするような顔をしたが、その表情は緩んで大きくほころんだ。「私ちゃんとやったわよね?」彼女は囁いた。

ピットはうなずき、彼女にキスした。

「私は彼女たちのコーヒーだかお茶だか知らないけど、飲まなかったの、飲んだふりをしただけで」彼女は間のびした声で言った。「薬を盛られていたの、あなたが言ったように。アビゲイルにその影響を見てとることができた」彼女はオーストラリア人のほうにちらっと視線を向け、血だまりの中に命を失って蹲っているイレーネを見た。

「ひどく嫌な夢を見たわ、彼女が私に注射針を刺した時には。だけど」彼女は一瞬目を閉じたが、また目を見開いた。「今はアビゲイルを助けてあげて」

ピットはオーストラリアの女性に近づき、イヤホーンと仮想世界用ヘッドセットを外してやった。「だいじょうぶですか？」彼は訊いた。

彼女は瞬き一つせずにまじまじとピットを見つめ返した。仮想世界とマキー館の地下室との違いを理解できずにいるのだ。

ピットは薬物が彼女にもたらした意識の混濁を打ち破ろうとした。「少し散歩して新鮮な空気にあたりませんか？」

彼はアビゲイルの拘束を外し階段へ誘いながら、絶えず彼女の向きを変えてイレーネの死体が彼女の目にとまらないようにした。彼がローレンの所へ引きかえすと、彼女はふらつきながら立ちあがったが、一歩踏みだすたびに力強さを取りもどした。

ピットは手を貸して女性たちを上の階へあげ、秘密のドアを出て食堂に入っていった。彼らは円形広間へ向かい、何者にも見咎められずに正面玄関から抜けでた。

彼らが踏み段を下りていると、インバネス警察の車が二台、ライトを点滅させながら正門を走り抜けた。ジョルディーノが片方の車から飛び降り、ピットと女性たちに駆け寄った。

「騎兵隊を連れて来てくれたんだ」ピットは話しかけた。

「マリーナの素敵なご婦人のお蔭さ、あんたのことをおぼえていたんだ。彼女はたまたま地元の警部と結婚していた」ジョルディーノはローレンのほうを見た。「彼女はだいじょうぶなのだろうか？」

「大分よくなった。警察は地下を調べるといい。何者かが古い火器をもてあそんでいて、手傷を負った」

「マキーか？」

ピットは首をふった。「彼女は行ってしまった。研究所へ戻ったのだろう」

一機のプライベート・ジェット機がインバネス地方空港からちょうど離陸し、頭上低く飛んで金属音を発した。それは館すれすれに通過して上昇し南へ向かい、ピットの推測の誤りを裏づけていた。

58

冷たい水がダークの顔に殺到し、彼は本能的に窓の電動スイッチをまさぐった。レンタカーの電子装置はまだショートしていなかったので、窓は閉まり、流れこむ水は少なくなった。彼は顔を覆っている膨らんだエアバッグを押しのけて、暗い車内で方向を捉えようとした。

彼の首、背中、それに膝は後向きに橋から落下したせいで痛んだし、側頭部の傷口が疼いた。しかし、レンタカーの座席の背もたれは高く、大きな怪我から護ってくれていた。体重が掛かっているせいで、ショルダーベルトが張りつめているのが感じられた。水は依然として顔の周りに集まり続けていて、感覚が動揺しているせいで車が逆転していることに彼は気づかずにいた。車が揺さぶられるのを感じたつぎの瞬間には、車は陰にこもった拉げる音とともに川底にぶつかった。

彼はヘッドライナー・コンソールに手を伸ばし、マップライトのスイッチを捻った。鈍い光がくすんだ水の層を射抜いて、隣に座っているサマーを照らし出してくれた。

妹の肩に黒ずんだ血の染みがあることに彼は気づいた。

「だいじょうぶか？」ダークはシートベルトを外そうともがきながら訊いた。

「ええ」弱々しい頼りなげな答えが返ってきた。妹の垂れさがっている髪が、嵩を増すいっぽうの水に浸かっているのが見てとれた。

ダークはシートベルトのバックルを外し、座席を後ろに押してフル・リクライニングにして転げ出ようとした。身体を捻って押しひしがれた天井に跪き、サマーの座席を後退させてから彼女のシートベルトを外した。身体をよじったり歪めたりして、ダークは彼女を立たせてやった。二人の頭は、いまや頭上の助手席のフットウェルに突き出ていた。

「まるで……あなたが……別の……車を……買ったみたい」サマーがつぶやいた。鈍い光の許でも、妹の目がどんよりしているのが分かったので、いまにも意識を失うのではないかとダークは案じた。

「少なくとも今度は、保険に入っている」ダークは応じた。「息を止めていられるか？」

サマーはかすかにうなずいた。水はすでに壊れたフロントガラスと後の窓から染みこみ、車内は二人の肩まで水に埋もれていた。

「よし、ほんのひと泳ぎだ。さあ、行こう」

マップライトはまだ点いていたので、ダークは助手席横のウインドウスイッチに手を伸ばした。彼が一つ深く息を吸いこむうちに、ガラス窓がなんの抵抗もなく下り、残っていたエアポケットが水に埋められてしまった。彼は水中に潜り、身体を捻って窓から出た。サイドミラーを摑んで支えにして水中で向きを変え、車内のサマーのほうへ手を伸ばした。

彼女はぐったりしていた。ダークは腕を伸ばし両脇の下に手を入れて妹を抱きかかえた。窓から出るために、彼女をいったん水に沈めなければならなかった。彼女の上半身は窓から出たが、ズボンのポケットが変速レバーのシャフトに引っ掛かってしまった。彼女は身体を捻りよじった。顔は苦痛に歪んだが、やがて彼女は窓をすり抜けた。ダークは彼女を車から完全に引きだし、頭上わずか数メートルの水面をめがけて突き進んだ。

彼らは二人とも空気を求めて喘いだ。ダークは妹を水辺へ引っ張っていき、橋の真下にある最寄りの堤防を目指した。橋の上で、車の音がした――アウディだ――走り去ろうとしているのだ。別の車が一台、一分ほど経ってから橋を渡っていった。

ダークはサマーに注意を戻した。彼女は激しい息遣いをしていて、意識の境を覚束なげに出入りしていた。彼女のシャツの肩には血がにじんでいて、生地に小さな穴が二つ開いているのを彼は見てとった。傷口に掌を押し当て、息を整えながら片方の腕をサマーに回した。

「さあ、お前、堤をのぼろう」

サマーを半ば運び半ば曳きずりながら、ダークは妹を伴って堤防を強引にのぼり、道の端に彼女を座らせた。彼は助けを探したが、いちばん近い人家でも遥か遠くだった。救いの神は東から近づいてくるパネルバンの形をとって現れた。その側面には、ディングル配管と記されていた。

ダークは橋を渡るバンに手を振って停め、驚いている運転手の横の窓に近づいて行った。

「妹が車の事故で怪我をしてしまった。われわれを病院まで乗せていってもらえないだろうか？」

配管工はずぶ濡れの打ちひしがれた男から、路上にしゃがみこんでいるサマーへ視線を移した。

「いいとも。セント・アンズ病院はこの町のすぐ反対側にある」

運転手は車から飛び降りてダークがサマーをバンの後ろへ運ぶのを手伝い、彼女を荷台に乗せた。ダークが彼女の傷の手当てをしていると、配管工は運転席につき高速で走りだした。カーサイビーンの町はほんの一・六キロ先で、配管工は静かな通りを疾走して西の郊外にあるセント・アンズ病院へ向かった。

サマーが玄関に運びこまれると、医療スタッフが彼女を緊急治療室へ急送した。ダークは配管工にろくにお礼を言う間もなく、頭の傷に包帯をしてもらうために看護師の一人に検査室へ引っ張られて行った。鏡をちらっと覗きこむと、びしょ濡れの衣服は血だらけで顔は叩きのめされていた。だが、彼の唯一の気がかりは妹のことだった。

「あなたはまるでビルから飛び下りたみたい」看護師は彼の頭に包帯をしながら言った。

「まんざら的外れではない。橋です、実際は」

看護師の手当てが終わった時に、ダークのポケットの携帯電話が鳴った。防水型だったが、それでも無事だったので驚いた。電話に出ると相手はブロフィーだった。

「船の用意はできて待っている」と彼は知らせた。「君たちは今朝、水上で私と合流するのだろう?」

「いや」ダークは痛む首を撫でながら答えた。「水浴びなら、われわれはすでにすましたも同然なので」

59

リキが借りた船の前で行きつ戻りつしていると、エインズリとガビンが埠頭に現れた。しかめ面をして、彼女は船主からわたされた船の鍵をかざした。船主はすでに引き揚げてしまっていた。

「なんでこんなに手間取ったの？　それに、その車はどうしたの？」彼女は傷んだフェンダーに目をとめて訊いた。

エインズリは彼女にタブレットとカップのコーヒーをわたした。その傍らで、ガビンは首をふりながら笑っていた。

「心配は無用です。彼らがどこにも行きはしない……ずっと」

「なんのことを言っているの？」

「私たち彼らと出くわしたんです」エインズリは答えた。

ガビンはうなずいた。「彼らが近づいてくるのをあなたのタブレットで目撃したので、町の外で彼らを待ちうけたんです。彼らはすこぶる協力的でした。橋の端から、ほとんど自分勝手に飛びだしてしまった」彼はアウディを指さした。「そりゃ、われわれもちょいと傷めつけられはしましたが。しかし、彼らはいまや入江に沈んでおり、どこにも姿は見えない。事故のように思えるでしょう、かりに彼らが見つかったとしても」

リキは無言のまま二人を見つめた。彼女は思いもかけぬ感情のしこりが胸中で蠢（うごめ）くのを感じた。長い沈黙は、彼女の携帯電話の呼び出し音に破られた。母からだと見てとってリキは電話に出た。

話は一方的だった。リキがしばらく聞いているうちに、母親が不意に電話を切った。電話をしまいながらリキは、仲間たちに青白い顔を向けた。

「私たちは、今日の夕暮れにアビーフィールという空港で、私の母親と会うことになりました」リキは低い声で言った。「その時に、あなたたちの行動を説明するといいわ」

60

ブロフィーは病院の待合室でダークに合流した。サマーはすでに手術室へ運びこまれていた。彼らはじりじりしながら座っていた。サマーの手術が終わっても、引き続き回復室での長い時間が待っていた。ダークはその間に父親に電話をしたが、出なかったのでe‐メールを送り、町の警察に電話で報告をすませた。緊急救命室の外科医がついに現れ、ダークにあなたの妹は無事だと請け合った。

「彼女は裂傷を二カ所に受けている。一つは肩の上のほうに、もう一つは上腕三頭筋に」医師は説明した。「かなり運がよかった、実際の話。骨がまったく傷ついていなかったからね」彼はダークに物問いたげな顔をした。「銃創、ですか?」

ダークはうなずいた。「射撃場での事故です。警察には報告ずみです」

「彼女は完全に回復するでしょう。もう面会できますが、まだ少し眠っているかもしれません」

医師は彼らを狭い一人部屋へ案内した。サマーはベッドの中で枕(まくら)を背中に当てて、麻酔薬のせいで眠っていた。ダークはしばらくベッド脇に座っていたが、やがて胃が鳴りだした。

「来たまえ、君、そろそろ夕食時だ」ブロフィーは言った。「君のために、なにか食う物にありつくことにしよう。彼女はどこにも行かないし、目星をつけてあるんだ、通りのすぐ向こうのよさそうなパブに」

ダークはしぶしぶ同意して、ブロフィーの運転でカーサイビーンの町へ戻った。埃っぽいカニ籠(かご)を飾った小さなパブで、彼らはフィッシュ・アンド・チップスを味見してから、日没直後に病院へ戻った。連れだってサマーの部屋に入っていったダークは、ピット、ローレン、それにジョルディーノがベッド脇に立って妹と話をしているので驚いた。

「どうやってここへ来たんです?」彼は新しい見舞客たちに挨拶をし、ブロフィーを紹介した。

「お前のe‐メールをインバネスを発った飛行中に受け取った」ピットは説明した。「われわれはちょうどゴールウェイの上空を飛んでいた。ルディがわれわれのためにNUMAのガルフストリームを送ってくれたのでキラニーへ方向を転換し、ここでタクシーに飛び乗ったんだ」

ダークはプライベート・ジェットに気をそそられたが、ローレンを目の当たりにしたとたんにそんな関心はけし飛んでしまった。彼女の目は混乱している感じだったし、その顔は異様に青ざめていた。彼女はサマーと場所を変えたほうがよさそうだ、とダークは考えた。サマーはいまや快活で、病院のベッドの中でしきりに話をしていた。

「いったいお前たちになにがあったのだ?」ピットはダークの包帯を巻かれた頭を見ながら訊いた。

ダークは自分たちが行っていたメリトアテン探索、図書館の火災、それに今朝の橋の上での襲撃について説明した。

「みんなそれぞれに、このところ楽しい思いをしたようだ」ジョルディーノが感想を口にした。

「スコットランドでトラブルでも?」ダークは訊いた。

ピットは厳しい表情でうなずき、自分たちがバイオレム社の秘密の研究所と水性病源体の全世界的な配備を突きとめたことを話した。「ルディから聞いたのだが、CDCはパーキンズ博士がわれわれに語ったことの信憑性を認めている。問題の病原菌は、汚染された女性の細胞内のDNAを変える能力を持っており、その結果、女性は女の子孫しか生まなくなる。さらに、そのバクテリアは突然変異を続け、ますます悪質になる恐れがある。以上だ、われわれが知っているのは——現時点では、治癒法は無い」

「感染者はどれくらいいるのだろう?」ブロフィーが訊いた。

「潜在的に数百万人。彼女たちは問題の代物を船で世界中に送りだし、飲料水を引きこんでいる淡水の水源地にばらまいている。彼女たちはいくつかの事例では、重要な地域に接近するために事故を仕組んでいる。デトロイトでのタンカー衝突事件は、彼女たちが起こした、とわれわれは信じている。あの都市が供給する水道水に病原菌を混入させるために」

「マイク・クルーズはそのために殺された」ジョルディーノが言った。「彼はバイオレムがその製品をデトロイト川の取水場に注入していることを突きとめたらしい」

サマーは顔を曇らせた。「どうやって彼女たちはそんな苦痛の種を開発したのかしら?」

「それは古代エジプトの疫病がもたらしたもので、ミイラから抽出された」ジョルディーノは自分たちがスコットランドで見つけた一連の棺について説明した。「彼女らはエボリューション・プレイグと呼んでいる」

「エジプトのミイラ?」サマーは口走った。

ダークは電話を取りだし、ロドニー・ザイビグがエジプトで撮った写真を再生した。彼は自分たちがアマルナで発見した墓の写真をかざした。「これはその棺の一つですか?」

ピットとジョルディーノはその写真を検討してうなずいた。「子どものミイラと棺がいくつか、あの研究所にはあった」ピットが知らせた。「それは確かにあの棺の一つのようだ」

「彼女たちはきっと古代エジプト人たちを苦しめた疫病を複製したのだわ」サマーは言った。「バイオレム社の者たちに違いないわね、メリトアテンを追っているのは」

ピットは娘の目を見つめた。「お前は女王メリトアテンが、エジプトを旅立ちスコットランドで死んだと言ったよな?」

彼女はうなずいた。「バイオレム社はすでに病原菌を持っているのだから、彼らは治癒材を求めているに違いない。あなたは言った、CDCではその疫病の治療薬をまだ突きとめていないと。治癒剤はあります。アピウム・オブ・ファラスというのですが。それがメリトアテンを救い、ハビルの奴隷たちを救った」

「すると、それがあれば現代の感染者を救えるわけだ」ピットが言った。

「その薬はシルフィウムと呼ばれる植物から採れる」ダークが言った。「その一部はメリトアテンと一緒に埋められている、とわれわれは考えています、そのせいだと思うんです、連中が彼女の遺骸を探しだそうとするのは——あるいは、われわれが彼女を見つけるのを防ごうとするのは」

「稀(まれ)な植物なんだろう?」ジョルディーノが訊いた。

「稀ではなく、絶滅した」ダークは答えた。「ローマ時代に死に絶えてしまった。唯一の望みはメリトアテンと一緒に埋められているいくばくかのそれだけです」

「なにやら覚束なげな話だ」ピットが言った。

「でしょうね」サマーは応じた。「だけど、アマルナの壁画はメリトアテンがあの薬を所持していたことを示しています」

「彼女が埋められている場所の目途だが、少しはついたのだろうか？」ジョルディーノが訊いた。

「と思います。私たちは彼女がファルコン・ロックという土地にいたことを示す標石を見つけました。そこはケリー沿岸沖の島を指していると、ブロフィー博士は考えています」

「スケリッグ・マイケル」アイルランド人はうなずきながら言った。

「そこへわれわれを連れていってもらえますか？」ピットが訊いた。

ブロフィーはサマーの包帯をされた肩に視線を走らせうなずいた。「ええ。彼らと競争が始まる前に、あそこへ行くに越したことはないでしょう」

61

リキはエインズリやガビンと一緒に、アビーフィール空港の狭い貧相な部屋で待っていた。空港らしからぬ場所だ、と彼女は細い田舎道の外れにあるその個人施設を探しあてるなり覚悟を決めた。真ん中をペンキ塗装の線が伸びている舗装された一本の滑走路が、人気（ひとけ）のない牧草地を貫いていて、それ以外に格納庫二棟と小さな事務所兼ターミナルがあった。唯一のオーナーはすでに航空管制無線装置を離れて、到着するマキーのために片方の格納庫を開けていた。

リキはラップトップ・コンピューターを開き、退屈まぎれにキーを叩きはじめ、ガビンは見晴らし窓の外を指さした。

「みなさんが来ましたよ」

小型機の着陸灯が遠くで煌めき、リキは母親のリアジェット機が降着してエプロンを横切るのを見つめた。ジェット機は一時停止し、側面の扉が開いてエバンナとレイチェルが下りると、また地上滑走を続けて、開いている方の格納庫に収まった。

彼女たち二人が部屋に入ってきたとたんに、リキはなにやらしっくりこないものを感じた。皺だらけの服をまとった母親の動きは、いつになく落ちこんでいた。その顔は疲れと悲しみを現わしていて、リキの隣の空いている椅子に沈みこむように座った。

「お母さん、加減がすぐれないようね。お茶でももらいましょうか？」

「オードリーが死んだの」マキーはぶっきら棒に言った。若いほうの娘を失った心痛はすでに過ぎ去ったか、薬でやわらげられていた。「研究所は破壊され、正体を暴かれたことででしょう」

「オードリーが……死んだ？」

リキはその知らせに囚われた。彼女は父違いの妹と親密だったことはなかったし、成人してからはむしろオードリーに支配されていた。オードリーの根深い嫉妬に逆らって、義父のフレイジャー・マキーはリキをつねに自分の娘として接した。たぶん、彼女の実の父親がイラク戦争で若くして死んだことへの同情心が絡んでいたのだろう。それがオードリーに忘れがたい怒りを植えつけていた。

それと同時に、母親のほうはいつもオードリーに甘かった。リキにはその理由が分かっていた。彼女たちのほうが似た者同士だった――嘘つきで、厚顔、非情なほど自己本位。リキは二人を真似ようとしたが、上手くいったためしがなかった。

「どうしてそんなことになったの？」

「あのアメリカ人、ピットよ。あいつが研究所に忍びこんだ。いまごろは、彼は死んで湖の底に転がっているはずだったのに。私たちは騒動が収まるまでスコットランドを離れているのが一番だと思うの」彼女は飾りっ気のない周りを見回し、鼻に皺を寄せた。「私たちはここへ来るのに迂回ルートを取ってきた。パイロットは言っていたわ、私たちがこの空港に着いたことは関係機関に報告されないと。代償と引き換えだけど。このあとはイタリアへ飛ぶことになるでしょう、まあ、少しの間」

マキーはリキの開いているコンピューターに目をとめた。画面はディングル湾の下側の地図を示していた。一対の赤い光がカーサイビーンと標示されている町の左右で点滅していた。「それはなんなの?」マキーは訊いた。

「若い方のピットの車と電話よ」リキは知らせた。彼女はコンピューターに目を走らせ、表情を曇らせた。「彼らは町の東の橋から落下した、とあなたたちは言ったけど」彼女はガビンとエインズリに向かって言った。「これは彼の電話がカーサイビーンの西側にあることを示している」

ガビンとエインズリは顔を見合わせた。

リキは母親のほうを向き、不機嫌な声で話しかけた。「彼らは若いほうのピットを今朝、交通事故に見せかけて処分したのだけど」

「彼の電話機はそうではなかったことを物語っている」とマキーは応じた。

「たぶん、彼らは川から救い出されたのでしょう」ガビンが言った。

リキはコンピューター上の地図を拡大した。「信号は彼の電話がセント・アンズ病院にあることを示している。まだ機能しているに違いない。私が盗聴機を取りつけておいたの」彼女はつけ加えた。

「では作動させて」マキーは促した。

リキは携帯電話を取りだし、ダークの電話に秘密の番号をダイアルした。カチッという音に続いて、サマーの病室で交わされているさまざまな声が聞こえてきた。リキはその携帯電話がまるで二路送受信機のように指を唇に当てた。

「メリトアテンを追っているのはバイオレム社の者たちに違いない」とサマーが言うのを彼女たちは耳にした。

ダークの声を聞いて、リキは目を剥いた。「彼らは生きているわ」彼女は囁いた。

ガビンは青ざめた。「奴らはきっと九つ命を持っているに違いない」彼は息を殺して言った。

彼女たちがおとなしく耳を欹てているうちに、ピットとローレンの声が流れてきた。

マキーは最初当惑顔をし、電話を指さしながら顔を真っ赤に染めた。「ピットだわ！」彼女は怒り猛り、声を押し殺しかねた。

彼女は自分の電話を取りだし、メールをインバネスの受付のイレーネへ送った。彼女の怒りは病院での話し声を聞くにつれ募った。ついに我慢しきれなくなると、ドアから出ていって、イレーネに電話を掛けた。

応答がないので、ほかのスタッフを呼びだそうとした。やがて、正面玄関の警備員の一人と繋がった。

「イレーネ……は死にました」女性警備員は答えた。「招待客はみな発ちました。警察が来ていて、敷地を捜査しています。それに、湖中で灯りが点滅しています。警察はあなたの居場所を知りたがっています。何と言ったらよろしいのでしょう？」

マキーは電話を切った。彼女の全世界が不意に彼女の周りで崩れ落ちた。

彼女は一つ深く息を吸った。まだどこかに救いはあるはずだ。誰一人、エボリューション・プレイグの正確な配備先を知りうるはずはない。おそらくリチャーズは警察が到着する前に、記録を隠し溶液を放棄したことだろう。当局は数地点を突きとめたかもしれないが、配備したことはまだ過失だといい逃れできる。エボリューション・プレイグの正体はまだ突きとめられていない――それに、治癒薬はまだ発見されていない。友好的な第三世界へ移住して製造を続ける道もある。ただ、直ちに手を打たなければならない懸案が一つだけあった。

彼女は歩いてターミナルへ引きかえした。折しもピットがスケリッグ・マイケル島でのメリトアテン捜索を表明していた。

リキは電話を切った。彼女は向きを変えて母親を見つめた。マキーの顔は怒りのために狂気じみていた。

リキは顔をあげた。「お母さん？」

「私たちはこの島へ行きます」マキーは鋭い口調で言った。「あそこでメリトアテンとピット一族の両方を葬るの」

第四部　スケリッグ・マイケル

62

「さあ、いい娘にして、その肩をすっかり治すんだよ」とプロフィーは言った。

サマーは車椅子から身を乗りだして、アイルランド人をハグした。「いろいろとありがとうございました、プロフィー博士。スケリッグ・マイケルへ一緒に行きたいところですが」

「われわれはきっと彼女を見つけます。ご心配なく」

プロフィーはサマーに手を振り、ダークは彼女に手を貸して彼女をケリー空港に駐機中のNUMAのガルフストリームに乗せてやった。ピットはすでに機内に乗りこみ、ローレンを席へ案内していた。

「側転は私が帰るまでやってはだめだぞ」ピットは頬に軽くキスしながらサマーに言った。それからジェット機内の後ろへ行き、ローレンを抱きしめた。「すっかりよくなったようだ」

ローレンはうなずき、夫の手を握った。「今回の旅ぜんたいが悪夢のように思えるく行くつもりなの？　捜索について定期的に状況を知らせてほしいわ」


わ。だけど、一連の薬は私の身体からほとんど抜けたみたい。家に帰ったら、ゆっくり眠らせてもらうわ」彼女は夫にキスをし、また強く抱きしめた。「気をつけてね」

　ダークが飛行機を下りようとしていると、サマーに腕を掴まれた。「私に一言もなく行くつもりなの？　捜索について定期的に状況を知らせてほしいわ」

　ダークはうなずいた。「きっと伝える」

「もう一つ話しておきたいことがあるの」彼女の声は低くなり、真剣そのものの顔でダークを見つめた。「朝食であなたを待っていた時、ホテルを出ていくリキを見かけたように思うの。見間違いってこともあるけど」

「いや、彼女だ」

「彼女は銀色のアウディで走り去った。あれは橋の上にいた車だと思うけど」

　ダークは苦しそうにうなずいた。「俺も同じ結論に達した。彼女しかわれわれがポートマギーへ向かうことを知らない。われわれは危うく殺されるところだった。申し訳ない、見抜けなくて」

「あなただけじゃないわ、見逃したのは。少なくとも、いまは私たちは知っている」

　ダークはサマーのよいほうの肩を軽く一つ叩き飛行機を下りた。彼はピット、ブロフィー、それにジョルディーノに合流し、ジェット機が離陸して垂れこめた大空に消えるのを見送った。彼ら四人はジョルディーノが借りだしたＳＵＶに乗りこみ、ポートマギーへ向かった。今回は、何事もなかった。

漁村ポートトマギーはバレンシアという大きな島の向かいにあって、公海から三キロ余りの奥まった入江に位置していた。ダークは簡単に海辺を探しあて、町営の桟橋に車を停めた。そこには十隻あまりの船が停泊していた。ブロフィーはみんなの先に立って幅の広い一隻の作業船へ向かい、その横に立ちどまってパイプに火をつけた。

「この船は燃料を積んであるので、いつでも出発できる」彼は言った。「しかし、急いでこの埠頭を離れることもあるまいと思うが」

「なぜです？」ダークが訊いた。

「海上気象予報では風力は5ないし6だ」彼はパイプを入江から大西洋のほうへ向けてふった。「大波に加えて、ずぶ濡れになりかねない。遊覧船には荒れすぎなので、今日はみんな港に留まっている」

「島には繋留する場所はあるのだろうか？」ジョルディーノが訊いた。

「小さな桟橋が東側の荷揚げ場にある。まだ海は荒れているかもしれないが」

「この船は頑丈そうだ」ピットは船に飛び乗った。「一つ試してみようじゃないか」

彼は操舵室に入っていき、船内モーターを作動させた。ブロフィーはピットを不安げに見つめた。

ダークは近づいて行ってブロフィーの腕をささえた。「行きましょう、教授、彼の言ったことを聞いたでしょう。ちょいとばかりの白波など、恐れている暇などないのです」

彼らは船に乗りこみ、ジョルディーノは舫綱を放りだした。ピットはスロットルを軽く叩き、静かに入江へ向かった。針路を西へ取ると速度をあげた。航走は公海に出るまでは穏やかだった。

大西洋は暗く、激しい風にあおられて波がうねった。船はたちまち上下左右に揺れたが、ピットは舵輪をしっかり握りしめていた。

「あれがスケリッグスですか？」ピットはブロフィーのほうを向き、南西一三キロほどにある一対の急峻な岩の島を指さした。

「そうです。リトル・スケリッグが左手で、スケリッグ・マイケルが右手です」ブロフィーは手すりを摑みながら言った。波を突っ切ったので、船が揺さぶられたのだ。

「あの島について教えていただけませんか？」ダークが訊いた。

「スケリッグ・マイケルはアイルランド伝承では有名な場所です。前にも言ったように、スケリッグは〝鋭い岩〟ないしは〝尖った岩の断片〟を意味します。もっと近づけば、その理由が分かります。マイケルは、無論、大天使ミカエルを指します。この島で、伝説によれば、聖ミカエルは聖パトリックに協力して、悪しきヘビを罰として海へ追放した」

「彼がスコットランドにも欲しいものだ」ジョルディーノが冗談を言った。

「ところで、あの島の伝承はもっとはるか先までさかのぼる」ブロフィーは話を続けた。「前に話したように、メリトアテンとその夫は船の事故で二人の息子を失った。一人は海上で死んだようだが、もう一人はあの島に埋葬されている」

「あの島に人は住んでいたのですか？」ダークが訊いた。

「そうだったと広く知られています。初期のキリスト教徒はあそこに修道院を建てた、六世紀ごろです。そうした篤実な人たちは岩山に数世紀にわたって暮らしたのちに、定住地は放棄された。おそらく、バイキングに何度も襲撃されたためでしょう。修道院跡は今も残っているし、今日も巡礼が訪れている」

ピットは水平線を見わたした。「これほど僻遠（へきえん）の地はちょっとないでしょう」

「その隔絶を彼らは求めているのです。この宗派はエジプトの大アントニウスの信者だったと信じられている」

「エジプトの？」ジョルディーノが訊いた。

ブロフィーはうなずいた。「最初のキリスト教僧侶の一人です。エジプトの砂漠で、彼はただ一人禁欲主義を実践した」

「それは興味深い結びつきだ」ダークが言った。

彼らは岩山のリトル・スケリッグの横を上下左右に揺さぶられながら通りすぎ、二キロたらず先でスケリッグ・マイケルの沿岸に近づいた。その島は大洋の中から粘板岩のピラミッドさながらに空中へ二〇〇メートルほど立ちあがっていた。

岩盤の断崖が前面に広がっているので、ピットは上陸できるのだろうかと危ぶんだ。ブロフィーは彼を北東の隅へ向かわせた。そこへ行くと、入りくんだ指状の岩場の向こうにブラインドマンズ・コーブと呼ばれる小さな入江があった。西風から護られているので、その一帯の海の荒れはいくぶん穏やかで、ピットは船を入江の入口にあるコンクリートの短い桟橋に横づけにした。人気のない青と白の一隻の作業船がすでに桟橋に繋留していた。

「嵐を衝いて飛びだしたのは、われわれだけではないらしい」ダークが言った。「もっとも、遊覧船が母港に留まっているのも無理はない」奥まった水域なのに、船は揺さぶられ傾いていた。

「聞いたところでは、冬の強風が吹きまくると、波が桟橋の一〇メートル以上に達するそうだ」ブロフィーは首をふった。「気の弱い者には不向きの土地だ」

彼らは船を桟橋の空いている場所に固定して上陸した。ダークは自分が船に積みこんだかさばるバックパックを掴んだが、ジョルディーノに遮られた。「それは私が持ってやろう」背の低い彼が声を掛けて、軽々とバッグを肩に担いだ。「今日のあんたは、風船を持ち運ぶのさえ大儀そうだ」

「そんなに目につきますか?」とダークは応じた。彼の背中や首は動かすといまだに痛かったし、彼は気づかなかったが、ほかの者たちには彼が背中を丸めて歩いていることは歴然としていた。

男たちは岸辺に集まり、断崖の側面に切りこまれた狭い道を歩きはじめた。それはしだいに上りになり、島の地勢沿いに南へ向かった。コンクリートと石の分厚い塀が外側を保護していて、旅行者が事故で海中に落ちるのを防いでいた。

ジョルディーノは塀を片手で叩いた。「修道士たちがここでコンクリートを捏ねたのではないことは分かる」

ブロフィーは微笑んだ。「政府がこの小道を作ったのです。南の外れの灯台までずっと繋がっている。昔は、灯台守たちが泊まりこんで灯りを守っていたものです。いまは、すべて機械化されているが」

彼らは道沿いに少し先へ行くと、西へ向かっている急勾配の石段にさし掛かった。その道の行き止まりは島の南の岬で、現代風の灯台が建っていた。

「ここからは上りです」ブロフィーは身振りで石段のほうを示した。「さあ、昔の修道僧たちの手作業のお世話になることになります」

石段は粗く風化していたし、一四〇〇年前に石段を作った当時の過酷な労働をよく語り伝えている、とピットは思った。石段は島の中央に向かって登り、やがて北へ折れた。足場は雨のために濡れて滑りやすく、彼らは時間を食った。

　数分後に、ダークは立ちどまって息を整えた。昨日の打撲のために、身体が弱っているのが感じられた。「その修道僧たちは雄ヤギなみだったに違いない」

「彼らはちょいとしたハイキングをしたものです、日用品を担ぎあげるために」ブロフィーは同じように息を切らしながら言った。「六一八段ある、修道院まで」

　一行はまた登りはじめた。ダークは鳥が多いことに気づいた。色鮮やかなツノメドリの群れが海のそばに巣を作っていた。身体のもっと大きなシロカツオドリやオオハシウミガラスは頭上を舞っていた。彼は油断なくハヤブサを警戒した。

　彼らはニードル・アイと呼ばれる尖塔の脇を通りすぎ、下って台地状の斜面にある修道院へ向かった。そこは塀に取りまかれた囲い地で、急な断崖と島の最高峰との間に挟まれていた。蜂の巣の形に似た六戸の石の小屋がその敷地を支配していて、そのほかに廃墟と化した祈禱堂が二棟と礼拝所が一箇所あった。

「思っていたより小さい」ダークが言った。「しかし、この小屋は印象深い」

「わずか一二人ほどの修道僧がここに住んでいたと見なされている。最盛期には」ブロフィーが言った。「小屋の中を見るとしましょう。なにか興味深いものがあるのではないかと期待しているのですが」

　いちばん手前の石造りの建物はざっと九平方フィートで、持ち送り積みの屋根はほぼその倍の高さだった。開け放たれた戸口から入ると、中は暗くむき出しだった。ブロフィーは懐中電灯を点け、銘刻、挿絵、その他、手掛かりになりそうなものがないか壁面をさがした。なにも見つからなかった。

彼は順に残る五つの小屋を調べたが、どの小屋の内側の表面にもなんの絵図も見つからなかった。彼は懐中電灯を消して、ほかの者たちと一緒に最後の小屋を出た。

「私は修道僧たちがなにかを知っていて、手掛かりを残しておいてくれることを期待していたのだが」ブロフィーは言った。「ここには、なにもない」

「私が思うに」ピットが言った。「記念品や碑文の類は、修道僧の祈禱室とか礼拝堂にあるのでは」

「まさに、あなたの言う通りだ。いずれもいっそう荒れているが一見する価値あり」

彼らは礼拝堂の残っている壁面や小屋の下手にある大きな祈禱堂を調べたが、彫刻を施された石の十字架がいくつか見つかっただけだった。彼らは最後の建物へ向かった。小礼拝室で、ほかの建物から離れて、敷地のいちばん北の端に建っていた。小屋より少し小さめで、ピラミッド形の屋根をしていて、壁の厚さは一メートルほどあった。中に入ると、奥の壁面沿いに踏み段づきの祭壇の残骸があった。

ブロフィーはほかの壁面を懐中電灯で調べているうちに、ある片隅で立ちどまった。大きい平らな石の上にうっすらと彫られた絵図に彼は気づいた。それは単なる三角形にすぎず、そこからS字型の曲線が下手の小さな図形まで伸びていた。その図形はケルト十字架に似ているようだった。

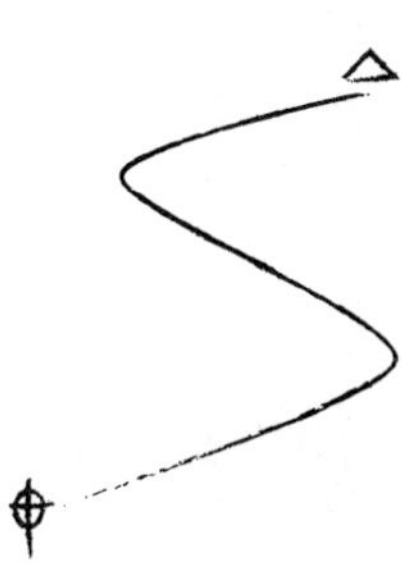

ブロフィーはその図形をちらっと観察し、立ち去ろうとした。
「ちょっと待った」ピットは彼の腕を摑んで、懐中電灯の灯が図形に当たるようにした。「もっとよくその十字架を見るといい。その絵は修正されているようだ」
ブロフィーは細い光の許で目を凝らして図柄を観察した。「あなたの言わんとしていることが分かった。これは古典的なケルト十字架の生硬な形です。基本の十字架とその上側の輪は鋭利な道具であるていど正確に彫ってある。下側の半円はつけ足しで、こっちのほうは荒削りだ」

「十字架の上の柱、Tの上の部分も」ピットが言った。

「ええ。それもよく分かります」

ブロフィーは砂利の床に屈みこんだ。「したがって、生硬な刻み目を取り去るとなると、柱の上部と下の半円を除去されるので、これだけになる」彼は床に指を走らせてT字形を描き、その上の中央に半円を載せた。

「エジプト十文字（アンク）に似ている！」ダークが言った。

ブロフィーは慎重にうなずいた。「そのエジプトの象形文字は生命を意味する。あるいは、メリトアテンの場合には、たぶん永遠（とわ）の命を」

彼らは稚拙な絵図を吟味し、スマートフォンで写真を撮り、薄暗い建物の外へ出た。

「かりにあれがエジプト十文字のアンクで、メリトアテンの墓所を現わしているとするなら」ブロフィーが言った。「修道院からの下り道を示しているようだ」

「あの絵図はわれわれが上ってきた道筋とは似ていない」ジョルディーノが言った。

「あの道はもっと大きなU字型を成している」

「実は修道院へ至る階段通路は三つある」ブロフィーは島の地図を上着のポケットか

ら取りだした。「われわれが取った道筋のほかに、西海岸のブルー・コーブからのジグザグな道がある。その道は修道院の下でわれわれのルートと合流している。その道は例の石板の表示とは似ていない」

「三番目の道筋はどうなのだろう？」ダークが訊いた。

「樹木の生い茂った険しい道で、桟橋から伸びている。より直線的なルートで、これも絵図とは合致しない」

ピットは持ち送り積みの壁に寄りかかり、北側の急な丘を覗きこんだ。絵葉書さながらのリトル・スケリッグ島とアイルランドの眺望が開けていた。彼の眼下では石造りの階段通路がブラインドマンズ・コーブの波止場へ向かってくだっていた。彼は向きを変えてブロフィーの島の地図をもういちど見た。石に刻まれた絵図は現存する道筋にも、あるいは修道院から伸びている失われたらしい道にも合致しなかった。曰くありげな表情が、台地を見わたしている彼の目に宿った。

「それはまるで道筋を示しているものではない、と私は思う」彼は言った。

「道筋でないとすると」ブロフィーは言った。「それはなんです？」

「ほかに考えうる唯一のもの」ピットは微笑みながら言った。「洞穴です。トンネルに通じる」

63

彼らの秘かな見張り場所は修道院の上の登り坂にあって、ニードル・アイの麓に近かった。そこは止まり木というより地下壕で、地中から突き出た岩場が蓋いのある隠れ処を作っていて、修道院とその主な道筋から四人を十分に隠す広さがあった。

「彼らはいまなにをしているの？」マキーは魔法瓶のお茶をすすりながら訊いた。彼女も今回ばかりはデザイナー仕立てのドレスではなく、ジーンズにハイキングブーツに黒っぽい全天候型のジャケット姿だった。首にはいつもの金のスカラベのネックレスが掛かっていた。

エインズリを状況確認のためにスコットランドへ送り返すと、マキーはリキ、ガビン、レイチェルに合流して、朝早く船でスケリッグ・マイケル島へ向かった。彼女たちはみな航行中に船酔いになったが、島の高みにのぼっているうちに頭がすっきりした。

マキーはブロフィーと同じトレイル・マップを手に入れていたので、島には灯台と高みにある修道院のほかには、見るべきものがほとんどないことを知っていた。ブロフィーと同様マキーは、メリトアテンの手掛かりを自分はつかんでいると考えていた。狭苦しい隠れ処の中で、彼女たちはブロフィーとＮＵＭＡの男たちが自分たちのためにメリトアテンを見つけてくれるのを待った。

「彼らは修道院の北側へ行きました」ガビンは知らせた。彼は頭上を覆っている岩の裂け目から双眼鏡を向けて、下手の修道院を覗いていた。「彼らは視界の外に出てしまった」

彼は双眼鏡を下ろし、女性三人のほうを見た。レイチェルは彼の隣に座っていて、澄んだ目でベレッタ・ピストルをもてあそんでいた。頼れるのは彼女だけだ、とガビンは思った。

リキはいちばん奥に座っていて、まるで拗ねてでもいるように黙りこくっていた。彼女は四人の男が横を通りすぎるのを盗み見した時は生気を帯びたが、いまはまた沈みこんでいた。彼女の自信は、いつもながら母親がそばにいると萎えしぼんだ。

それに、むろんマキーがいた。彼女は山道を登るとき驚くほど元気だったし、依然としてすこぶる強烈なエネルギーを発散していた。彼女は神経を張りつめ、目を煌めかせて座っていて、餌食にするウサギを求めて野原を見わたしているハヤブサを思わせた。しかし、敗北の翳りが日ごろ落ち着いている彼女の顔にすでに忍びこんでいた。

ガビンは彼女を長く知っているので、一戦交えずに屈服する人でないことは分かっていた。

「待つのよ、若いあんたたち。そして、彼らにあと数分あたえてやるの」彼女は指示した。「しょせん、彼らはこの島を生きて出られないのだから」

64

男たち三人はぽかんとピットを見つめた。やがてブロフィーの顔がアイルランドの富籤(とみくじ)競馬に当たったように明るくなった。

「トンネル。神かけて、あなたは的を射ているようだ。地元の伝承では、どこかの地下トンネルが修道院と繋がっていたと伝えられているが、いまだ見つかっていない」

「誰もその探し方を知らないせいじゃないかな」と言いながら、ダークはジョルディーノが力ずくで丘まで担ぎあげた、大きなバックパックのほうへ歩いていった。ジッパーを開け、彼は分解して詰めておいた地下探査レーダー装置の部品を取りだしはじめた。

「なんだ、そんな代物を中に仕舞いこんでおいたのか」ジョルディーノは言った。

「ケース入りのビールを期待していたんだが」

「おう、われらが懐かしの草刈り機」ブロフィーが言った。「そいつは一度、われわれのために働いてくれた。また働いてくれるかもしれないな」

ジョルディーノがレーダー装置を組み立てるダークに手を貸している傍らで、ピットが敷地一帯を指さした。「トンネルがどのあたりにあるか、なにかヒントをもらえませんか、教授？」

ブロフィーは首をふった。「まったくの推量ですよ、残念ながら。礼拝堂のどこか近くかと思うが。尖った屋根を持っているらしい。あの石板の絵図も、そのことを示しているようだ」

「では、そこを探しましょう」ダークが同意した。

組み立てが終わると、レーダー装置は礼拝堂の遺跡へ押しだされ、その内部や周辺で探索が行われた。なにも現れなかったので、探索は一連の小屋や大きな祈禱堂へ広げられ、さらには本殿の上下の斜面に及んだ。男たちは二人一組で順番に装置を押して危険な丘の中腹を登った。小さな物体や、小屋の付近に埋もれていたがらくたが見つかっただけで、地下通路らしき手掛かりはまったく得られなかった。

「ここらには、なんの反応もない」ダークは装置を石の上に持ち上げて一息入れながら言った。「小さな祈禱堂だけだ、塀に囲まれた敷地内で残っているのは」

「では、そこにあるに違いない」ジョルディーノが言った。彼はレーダー装置の取手を握り、敷地の外れにある小さな建物へ押していった。その石の建物の周りを回ったがなんの成果もなかったので、装置を操作してその上の丘の斜面に登った。彼は丘の上り斜面に食いこんでいる石の塀の端で立ちどまった。レーダーのスクリーンに目を凝らした彼は、ほかの者たちのほうを向き、拳を宙に突きあげた。

「地下道に、アル様が、ご招待」

ダークは走り寄り、スクリーンを見つめた。小さなチューブ状の白い穴が、灰色の波打つ線の帯の真ん中に見えた。

「小さいが、はっきり写っている」ジョルディーノは言った。「やがて広くなって、丘を過ぎってからは消え失せているようだ」

彼は装置を丘の上に向け、ダークは彼の隣に食らいついて映像を見つめた。

「レーダーの信号強度が弱まりつつある、深さが増すせいだ」彼は知らせた。

ピットとブロフィーは祈禱堂の外れまで出向いて、満面に笑みを浮かべて戻ってくる男二人を待ちうけた。

「どうやら、通路らしきものは石塀が丘の斜面に接している場所にあるらしい」ダークは指さしながら言った。

「今回はシャベルを持ってこなかったが」ブロフィーが言った。

「その必要はなさそうです」とダークは応じた。彼が塀伝いに移動していくと、胸の高さの塀は曲線を描いて丘の斜面に喰いこんでいた。その末端で、彼は積み重ねられた塀の石を持ちあげて、それを地べたに順に重ねていった。

「こうしておけば、あとできちんと元通りにすることができる」ダークはほかの者たちが追いつくと言った。

「きっと初めてではないでしょう、ここ数世紀でこの塀が再構築されるのは」ブロフィーが言った。

ピットとジョルディーノは作業に加わり、石積みの背後の圧縮された土の壁を露出させた。彼らが末端に向かって作業を進めていくうちに、垂直に埋められた平らな石に出くわした。ダークは四隅の土を払いのけて、その石を動かそうとしたが、びくともしなかった。彼は音をあげた。

「君は左側を」ジョルディーノはそう声を掛けて、彼の隣に割りこんだ。力を合わせて、二人は大きな石の板を押した。なんとか前後に数度ゆさぶり動かすことができた。やがて石板は前方へ勢いよく傾いて、地面に倒れこんだ。

その奥には狭い開口部があった。

「倉庫代わりの小さな洞穴だろうか？」ジョルディーノが訊いた。

「あるいは、もっと大事なものの」ブロフィーが応じた。

ジョルディーノは脇に寄り、開口部に向かって手を振った。「どうぞ、若い君から」

ダークは微笑みながらうなずき、懐中電灯を点け、入口を通り抜けた。一、二分後に、ほかの者たちは自分たちに呼び掛けるダークの声が聞こえた。ジョルディーノが次に這いずりこみ、つぎにブロフィーが、それからピットが続いた。

中はやっと這いずれるほどの広さしかないことをピットは知った。一メートルないし一メートル半ほど先まで下り坂になっていて、その先で間口がじょじょに広がっていた。

這いずっていくうちにやがて立ちあがれるようになり、狭い棚の上でほかの者たちと落ち合った。彼らはそこに集まり、懐中電灯で前方の暗い奥を照らした。

「ここはなんだろう」ピットは訊いた。「洞穴か、それともトンネルだろうか？」

「もっといいもの」ダークは彫り出された一連の踏み段を懐中電灯で照らしだしながら言った。その踏み段は、彼らの前方の黒い深淵の中へと下っていた。「深みへ至るための階段」

65

「また彼らの姿が見えなくなってしまった」

ガビンは双眼鏡を下ろしてマキーのほうを向いた。「彼らはなにか見つけたようです。そんな気がする」

マキーは隠れ処の岩の上から人気(ひとけ)のない修道院をうかがった。「できるなら見つからないように近づいてごらん、可能なら。無線で呼ぶのよ、なにか知らせることがあった時は」

ガビンはうなずき、双眼鏡をレイチェルにわたした。彼はルガーSR9cピストルを肩のホルスターから取り出し、安全装置を外してから元に戻した。そして、岩屋の指揮所を出ると、ゆっくり斜面を下りて行った。

修道院の敷地の入口に出ると、彼は石の塀の背後にしゃがみこみ、人の声がしないか耳を澄ました。聞こえるのは、草原をわたる風のそよぎと近くで聞こえるカモメの鳴き声ばかりだった。這いずるように前進し、最初の小屋の後に滑りこみ、その正面の角越しに前方をうかがった。男たちの影も形もなかった。

彼は敷地を横切り、小さな祈禱堂にたどり着いた。彼は塀越しに、男たちが急な裏手を下りて行ったかどうか見わたしたが、どこにも彼らの姿は見当たらなかった。やがて彼は塀が掘りかえされており、大きな石が一つ地べたに転がっていて、丘の側面に黒い穴が空いていることに気づいた。

彼は穴の中を覗きこんでから後退し、腰の送受信無線機を取りだした。

「連中はトンネルを見つけ、地下に入りこみました」彼はマキーに報告した。「奴らを地中で片づけられる。しかも、彼らは見つかりっこない」

66

踏み段はほぼ垂直な岩盤に刻みこまれていて、足許の漆黒の闇の奥に消えていた。男たち四人は地下の巨大な亀裂の脇に立っていた。その裂け目は二〇〇メートルほど下まで伸びていた。ピットは灯りを、岩盤に人手で彫り出された急で狭い踏み段に向けた。

「誰も高さに怯えたりしないように」彼はそう言いながら危険な降下をはじめた。

「エレベーターという奴は必要な時にあった例がない」ジョルディーノがぼやいた。

ダークが父親に続いて踏み段を下り、ジョルディーノとブロフィーが後から従った。彼らは紛れこんだ広大な地下の開口部に畏怖を感じながら、無言のうちに一歩ずつ慎重に足を運んだ。

踏み段は大きな弧を描いて伸び、平坦な岩盤を束の間だが横切り、こんどは逆回りに降下していた。下っていく男たちの靴が踏み段を叩く音が狭間に木霊し、地下世界の静寂を打ち破った。ブロフィーは時おり懐中電灯で側面を照らしたが、地底はいっこうに視界に現れなかった。

「ぴったりだ」ダークが不意に口走った。

みんなが一瞬立ちどまり息を整えた。

「なにがぴったりなんだ？」ジョルディーノが訊いた。

「祈禱岩の絵図とです。この踏み段は例の岩に刻まれた絵の通りの曲線を描いている」彼はこう話しながら身振りで肩越しに、いま下りてきたばかりの踏み段を示した。

ほかの者たちは彼越しに見つめた。しかし、彼らはダークが言ったことにはもはや神経を集中していなかった。むしろ彼らは、四つの小さい光に目を凝らしていた。いまやその光は踏み段のいちばん上に現れていた。

ひとしきり銃声が、大聖堂の鐘さながらに裂け目の中で轟いた。

「灯りを消せ！」ピットが叫ぶと同時に、彼の頭上の岩盤の破片が飛び散った。

男たち四人は灯りを消して踏み段にしゃがみこんだ。ガビンとレイチェルはそれぞれに上からひとしきり撃った。ダークは見上げ、上の岩棚に四つの人影を捉えた。

「移動を続けろ」ピットは低い声で促した。「手を岩壁に添えるんだ」

ダークは父親の指示通り手を岩の表面に当てて支えにし、闇の中で次の踏み段を足でまさぐった。ジョルディーノが彼に倣って後ろから動こうとしたが、大きな喘ぎ声を聞きつけて足を止め躊躇した。

「みんなだいじょうぶか？」彼は囁いた。

ブロフィーの弱々しい身体が暗闇の中で後ろ倒しになり、踏み段から弾き飛ばされそうになった。

「すまない」ブロフィーは言った。「脚を……撃たれたようだ」

「まかせて、教授」ジョルディーノは応じた。「頑張ってください、ここから出してあげますから」

彼はブロフィーを背負って踏み段を下りはじめた。ピットが先頭に立って、背後に続く三人に小声で手引きをした。彼らは、薄明かりの中に現れた深い穴の中に下りて行った。

一方、入口の岩棚の上に立って、マキーは、懐中電灯を深みの奥に向けた。脱出中の四人の男が、光の射程外にぼんやりと影になって現れた。

「さあ、彼らを追って下まで行くんだ」彼女はガビンに指示した。「彼らはきっと武装していない。ここがどこへ繋がっているのか確かめるの」

「はい、奥様」ピストルをホルスターに押し戻すと、ガビンは懐中電灯を前に向けて振りまわし、とりあえず前方に広がる闇の中へ足を踏みだした。

67

　ピットは、足の下の地面が平らなのを感じ取って立ちどまった。懐中電灯を点け、親指を灯りに押し当てて針先ほどだけ光が漏れるようにした。周りを見回したところ、彼らは亀裂の底に到達したようだった。その平らな床は機関車ほどの大きさの三つの石に囲まれていて、それらの石は周りの岩盤に寄せられていた。

「行き止まりか?」ジョルディーノは床底に足を踏み入れながら呻くように言った。

「そうらしい」ピットは答えた。「教授の状態はどうだ?」

「尻の具合がどうもよくない」ブロフィーは知らせ、ジョルディーノは教授を地べたに下ろした。彼の声はそれと分かるほど弱っていたが、意気のほうは軒昂(けんこう)そのものだった。

　ダークはみんなに加わって、教授の傷の程度を秘かな光の許で確かめた。湿り気を帯びた赤い染みが、彼のズボンの右の尻と太腿に認められた。ダークはスエットシャツを脱ぎ、ジョルディーノにわたした。

「役に立つでしょう」

「ありがとう、若いの」ブロフィーはつぶやき、ジョルディーノはシャツを二つに裂いて傷口に巻きつけた。

ピットが見あげると、追跡者たちの光が岩盤のずっと上で蛇行しているのが目にとまった。ピットたちは五分は先行していそうだったが、それは防御のなんの足しにもならなかった。

彼は懐中電灯を大きな一連の石に向け、上から下まで観察した。そうした石の基底部近くに、うっすらと一筋の道がいちばん右端の岩石へ向かって伸びていることに気づいた。そのぼんやりとした道筋をいちばん奥までたどっていくと、岩石と岩盤の間に小さな三角形の穴が開いていた。中を照らすと、その穴は曲がりくねったトンネルに繋がっていた。

「こっちだ」彼は静かに呼びかけた。

ダークとジョルディーノがすぐさま、ブロフィーを間に挟んで支えながら現れた。

頭上の踏み段に追跡者たちの灯りが見え、連中が迫ってきたことが分かった。

「動き続けてもだいじょうぶですか、教授?」ピットは訊いた。

「この荷駄(にだ)用のラバたちがくたびれた骨の袋を運んでくれる限りは」

「通り抜けるのはきつそうですが」

ピットは彼らに開口部を通り抜けさせ、低く狭いトンネルの中へ導いた。彼はかがみこんで頭をこすらないようにした。じょじょにトンネルは幅はともかく高くなったので、真っすぐ立てるようになった。

「天然のトンネルが拡張されたようだ」ダークが背後で言った。天井と側壁に点在する鶴嘴（つるはし）の痕に気づいたのだ。

トンネルは長く大きく曲がりながら下っていた。ピットはある場所で立ちどまり、かすかに聞こえる響きに耳を澄ました。

「連中はまだ背後に迫ってはいないと思うけど」ダークが言った。

「違う、海だよ」ピットは言った。叩きつける波の音がはっきりと聞きとれるようになってきた。「海辺が近いんだ」

「それに、出口に。できることなら」ジョルディーノが応じた。人を運んでいるせいで、彼の顔から汗が滴り落ちていた。

ピットはペースを上げ、一行の先頭に立って長く大きなカーブを通りすぎた。やがて彼はトンネルの分岐点に出た。本トンネルは右へ曲がっていた。細い通路は真っすぐ伸びていた。ピットは両方の入口の中を照らしたが、先端は見えなかった。

「左、それとも右？」ジョルディーノが訊いた。

ピットは懐中電灯を彼に向けた。ブロフィーを引きずってきた疲れが顔に出ていた。

彼の肩越しに見えるアイルランドの考古学者の顔は青白く、その目は輝きを失っていた。

「君は教授と一緒に、目立たぬルートのほうを行ってはどうだ」ピットは狭いトンネルを指さしながら言った。「私はもう一方の通路を手早く調べてみる」

ダークがやはり疲れの色をにじませながら近づいてくると、ピットは息子に向かって手を振った。「お前は教授のためにアルに手を貸すがいい」

ダークはうなずき、ジョルディーノに追いつくために急いだ。ジョルディーノはすでに左側の開口部を進んでいた。

ピットは向きを変えると、右手の大きなトンネルを駆けていった。あまり遠くまで行くに及ばなかった。一二メートルほどで、トンネルは向きを変え行き止まりになっていた。閉じたり封鎖されたりしたのではなく、大きな洞穴だった。

ピットは中に入っていき、高みにのぼって広く長い洞穴を見わたした。天然の高いドーム状の天井が、洞穴全体を覆っていた。十指にあまる細い光がいちばん奥の岩石の壁から漏れ出ていて、洞穴じゅうにぼんやりとした青白い灰色を投げかけていた。すぐ向こうで聞こえる砕ける波の音は、自分たちが海辺にいることを、さらには洞穴がかつて海に開けていた洞窟(どうくつ)だった可能性をピットに語りかけていた。

直立した大きな岩石がその入口を塞いでいたが、彫り出された踏み段が脇へ下っていた。踏み段のつけ根には深い溝が岩盤に掘られていて、岩盤の端まで伸びていた。その溝の中央のどこかから一本の木製の柱が、高い位置にある入口の上に聳え立っていた。

ピットが踏み段のいちばん上で躊躇していると、背後に近づいてくる人の声が聞こえた。それは仲間たちの声ではなかった。下りようと向きを変えた際に、彼の懐中電灯が木の柱を照らしだし、その頂きから垂れさがっている一本のロープを浮かびあがらせた。ピットはそれが単なる木製の柱でないことに気づいた。それは船のマストだった。長方形でズタズタの一枚の帆が張ってあった。彼の下には、全長二七メートル、杉の厚板づくりの船が横たわっていた。近づいて行って、彼が異様な船の側面に懐中電灯の灯りを当てると、船腹に取りつけられた何本ものオールが照らしだされた。何世紀も前に、この船に最後に触れたのはどんな人物なのだろう、とピットは思わず想像をめぐらせた。

68

分岐点で左へ分かれた狭いトンネルは、はるかに苛酷な通路だった。二〇〇メートル近く蛇行し、ところどころで鋭く隆起していた。狭い側壁は場所によってはさらに狭まっていて、ジョルディーノとダークは狭隘な箇所では、無理やりブロフィーをすり抜けさせるしかなかった。やがて通路は平坦になり、トンネルはその終点に達した。そこは自然にできた穴倉で、ほぼ四角だった。岩石でできた高い塚が入口の片側に聳え立っていたが、その穴倉はそれを除くと開けていた。しかし、空ではなかった。

奥の壁面沿いに幅の狭い木製の祭壇があった。一対の青銅のオイルランプが、古めかしい錨に載せられた背の高い銀色の十字架の両脇に収まっていた。十字架の背後の岩壁には色褪せた壁画が描かれていて、男が一人砂漠に立っており、その片側にはピラミッドがあり、男の頭上には金色の光輪が印されていた。

「行き止まりに出くわしたようだ」ジョルディーノが言った。彼はブロフィーを部屋の奥まで運んで行き、片隅に座らせてやった。教授は顔をあげ目を煌めかした。ダークの懐中電灯が壁画を過ぎったのだ。

「エジプトの聖アントニウスだ」彼は上半身を起こしながら言った。「ここは秘密の集合所に違いない。あるいは礼拝堂だ。アントニウスのために修道僧たちが建てた」

「たとえなんであれ、出口がない」ダークが言った。「聖人に救いを願うほうがよさそうだ」

ジョルディーノは祭壇に目をとめ、懐中電灯を入口脇の石の塚のほうへ向けた。

「私はこの聖アントニウスがどんな御仁(ごじん)か存じあげないが」彼は言った。「彼はすでにわれわれを救ってくれたようだ」

69

ガビンは地下の交差点に達し、立ちどまって息を整えた。太り過ぎで運動は不得手なので、雇われ用心棒には不向きだった。地中の下り続きの後の最初の上りで、空気は涼しかったのだが、彼は息を切らし汗をかいていた。彼の背後に光が三つ揺れながら現れた。マキー、レイチェル、それにリキが追いついたのだ。ガビンと同じように、マキーは長い歩行のために疲れているようだったが、若い二人はまだ元気そうだった。

「本トンネルは右側へ伸びているようです」ガビンは知らせた。

マキーは二本のトンネルを観察し、懐中電灯を地面に向けた。埃っぽい砂利の足許に、小さいほうのトンネルへ向かっている欠けた一個の足跡を見つけた。

「あなたはこちらを行きなさい、レイチェルと私は大きいほうを追います」彼女は腰の送受信無線を軽く叩いた。「五分後に、状況を知らせるように」

ガビンはうなずき、狭い通路に数歩入っていった。母親の指揮下から除外されたリキは、命じられた通りマキーの横を一言もなく通りすぎてガビンの後を追った。

レイチェルは先に立って右手のトンネルを進み、マキーはそのすぐ後ろから続いた。彼女は左手の懐中電灯でトンネルを照らし、右手のベレッタ・ピストルを前方に突きだして慎重に移動した。女性二人は通路の行き止まりに着き、洞穴の中に入って行った。彼女たちは隆起した場所で立ちどまり、それぞれに懐中電灯で部屋の奥を照らした。マキーは中央にある背の高い木材に着目した。大麻（たいま）のたるんだ綱が側壁のほうへ垂れさがっていた。彼女はレイチェルに向かって片手をあげた。女二人はぴたりと動きを止め、耳と目を研ぎ澄ましてほかに人間がいないか突きとめようとした。

洞穴は一瞬死んだように静まり返っていたが、やがてかすかな物音が聞こえてきた。マキーはその音が頭上で発していることに気づいた。彼女は顔をあげ、懐中電灯を木材の頂に向けた。たるんでいた綱がいまは張り詰めて、大きな輪を描きながら二人に襲いかかろうとしていた。彼女は片側に身を反らし、近づいてくる物影を察知して後ろへ飛びのいた。

側壁の片隅からピットによって投げだされた三角形の石灰岩の錨は、振り子さながらに宙を疾走した。マストの上部の穴に綱で繋がれていた古代の船の錨は、大きな弧を描いて平場を過ぎった。マキーからは外れたが、レイチェルに激突した。彼女は反対のほうを覗きこんでいた。

石の錨は彼女の肩と後頭部を直撃した。彼女は当たったとたんに錐（きり）もみしながら地面に倒れこみ、衝撃で意識を失った。マキーは身体を沈めた。錨は振り子の末端まで行き、振り戻して彼女の頭上を通りすぎた。彼女は這いずって倒れた女性のほうへ行き、彼女が足許に落としたベレッタを回収した。マキーは膝立ちになり、ピストルと懐中電灯を宙を飛ぶ物体がはじめて現れた壁面のほうへ向けた。

宙吊りの石の錨は壁面に音高くぶつかり、惰性を失って輪を描きながら縛りつけられている柱のほうへ向かった。そこには、それを発進させた人間の影も形もなかった。

70

「助けてくれ……助けてくれ、たのむ」

その叫び声は柔らかく弱々しかったが、紛れもなくアイルランド訛りがあった。ガビンはピストルを身体の前に構え、声のするほうへゆっくり近づいて行った。

狭いトンネルは大きな開口部へ繋がっていた。声が奥の真っ暗闇の中から呼びかけていることが、ガビンには分かった。起伏の激しい上りのために息を弾ませながら、彼はさらに前進する前に気持ちを落ち着かせようとした。リキは彼の脇の物陰に潜んだまま、一言も発せずにそばにしがみついていた。

部屋の中に踏みこみながら、ガビンは懐中電灯とピストルをいちばん奥の隅に向けた。地べたに座り、血に染まった脇腹を握りしめながら、ブロフィーはことさらに誇張するまでもないあからさまな苦悶の表情で目をすぼめて、懐中電灯の光の奥を見つめた。

「助けてくれるのか？」彼は訊いた。その声はにわかに大きく力強くなった。

彼の言葉はダークとジョルディーノへの合図となった。入口脇の岩石の塚の後ろにしゃがみこんでいた二人は、祭壇から拝借した銀色の十字架を持ちあげた。その下の先端を、石塚のいちばん上の大きな丸い岩の下に押しこんだ。その石はたちまち緩み、石塚の反対側へ転がり落ちた。

転げる石の音に振り向き、ガビンは見あげたが遅すぎた。彼は飛びのこうとしたが、丸い岩は彼にぶつかる寸前だった。パニックを起こし、彼はルガーの引き金を引いて二発放ったが、いずれも岩盤の壁面に当たって跳飛した。岩は彼の体側に衝突して腕を押しひしぎ、側壁に彼を激しく叩きつけた。

喘ぎ声が彼の口から漏れ、崩れ折れる彼の身体の脇の地べたに、彼のピストルと電話が音高く転げ落ちた。つぎの瞬間、地下室は静まり返った。

ダークとジョルディーノは暗くなった室内で塚から下り、それぞれに懐中電灯を点けた。

「君たちは連中を片づけたようだ」ブロフィーが片隅から知らせた。

「あなたの囮ぶりは見事だった」ダークが応じた。「だいじょうぶですか?」

「申し分なし、目下のところ」

ジョルディーノはすでに石の塚を回って、懐中電灯で入口を照らしていた。二つの身体が地べたにじっと横たわっていった。手前がガビンで、息をしている気配がなかった。さらに近づくと、殺し屋の頭の下が血に染まっているのが見てとれた。彼は頭骨を側壁に叩きつけられ割られていた。

ジョルディーノはダークが自分の横を駆け抜けて、第二の身体に向かうのを感じ取った。それは魅力的な女性で、横向きになっていて目を開いていた。妙なことに、彼女は岩石に打たれたそれらしい形跡をまったく見せていなかった。

ダークは彼女の横に跪き、優しく彼女の上半身を起こした。リキはその際にたじろぎの色を浮かべたが、ダークに焦点が合うと表情が和らいだ。彼は生暖かい湿り気を手に感じ、彼女の上着の側面に小さな裂け目があることに気づいた。ガビンのピストルから発射された弾丸が跳飛して、彼女の胸の脇に喰いこんだのだ。ダークはその傷口に手を当て、ジョルディーノの懐中電灯の光の許で彼女の目を見つめた。

「あなたを傷つけるつもりはなかったのよ」彼女は弱々しい声で言った。「あれは……あれはすべて、私の母のしたことです。ごめんなさい」

「私も、謝る」ダークは彼女の急速な衰えを見てとった。彼は身を乗りだしてリキの額にキスをした。

「あれを見つけて」彼女は囁いた。「メリトアテンと彼女が持っていた物を探しあてて。そうして、私たちみんなを救って」リキはダークの目を見つめて強いて笑いを浮かべ、つぎの瞬間、彼女は息を引き取った。

71

マキーは洞穴の入口でかがみこみ、懐中電灯で内部を照らした。今度は、ロープに繋がれている木材が、実際は狭い窪みに収納されている小さな船のマストだと分かった。窪みの左右の棚には人気（ひとけ）がなく、殺し屋が船の下のどこかに潜んでいることを伝えていた。

彼女はレイチェルの隣に跪き、彼女の名前を呼んで生きているかどうか確かめた。彼女は生きてはいなかった。マキーは立ちあがり、送受信無線機を取りもどした。

「ガビン。そこにいるの？」

沈黙。

「ガビン。私の声が聞こえるなら、返事をしてちょうだい」

「おう、ちゃんと聞こえるぜ」アル・ジョルディーノの苛立たしげな声が返ってきた。

「ヒメコンドルの騒々しい鳴き声のように」

「どこなの……どこなの、ガビンは？」

「彼とそのガールフレンドは大いなる眠りについた。さて、あんたがわずかなりと……」

マキーはうめき声をもらし、無線機を岩壁に投げつけた。ジョルディーノの声は途切れ、無線機はつぶれて地べたに落ちた。

彼女は眩暈に見舞われ、膝の力が抜けそうになった。数度、空気を深く吸いこみ気持ちを落ち着け、感覚を取りもどした。あまりに多くのことが起こったので整理しかねた。どうしてなにもかも、こんなにひどい齟齬をきたしてしまったのだろう？

答えは、闇の中から発せられた声となって帰ってきた。

「万事休すだ、マキー」ピットは話しかけた。「万事休す」

彼女の絶望は、その声に思い当たると怒りに変じた。声をたどって、彼女は踏み段を下りて窪みの上部へ向かい、周りを見下ろした。自然が彫り出した窪みはほぼ完璧な長方形で、深さは四メートル近くあり、洞窟の後ろの壁面まで伸びていた。しかし、その中に横たわっているのは自然が形作ったものではなかった。

それは長い船でほぼ二七メートル、しかし幅は狭かった。船首と船尾材が高く聳え立っていて、高い一本マストにはずたずたに裂けた帆が一枚掛かっていた。六本のオールが両側に下がっていて、その先端は窪みの床に接していた。マストの背後には有蓋の船室が一つあり、ほぼ船尾まで伸びていた。マキーは船の構造についてはなにも知らなかったが、懐中電灯の弱い光の許でも、その船が古代のものであることは分かった。

彼女はさし当たり、その船やその造りには関心がなかった。彼女の唯一の関心は物陰に隠れている男にあった。彼女はずっと奥の手すりの木部が擦れる音を聞きつけ、ベレッタを持ちあげ闇の中に三発放った。銃声は洞穴中に木霊（こだま）し、しだいに死のような沈黙が取って代わった。

船首近くに、マキーは窪みの頂から船の甲板へ渡り板が掛かっているのに目をとめた。足早に渡り板に近づくと彼女は爪先立ってそれを渡り、それが喫水の浅い船で窪みからかなりの高さに一連の支柱で持ちあげられていることに気づいた。甲板に第一歩を踏み出していると、船室の脇でズシンと物音がした。彼女は向き直り、船尾周辺に姿を消した影にさらに二度発砲した。

「あんたは、もうおしまいだ、マキー」ピットの声が船尾から呼びかけた。

彼女は歯を食いしばった。鼓動が早鐘を打ち、気持ちが動転し両手が震えた。船首を横切り中央のマストの横を通りすぎていると、別の音が今度は船の右側でした。彼女は懐中電灯を上げ、甲板に飛び下りる男の上半身をちらっと捉えた。彼女は右手をあげて撃った。

左手で懐中電灯を持っていたために、ピストルが右手の中で跳ね返った。彼女はしきりに撃ちまくりながら、じょじょに的を絞っていった。ピットの身体が引きつり弾んだ。彼女は黒っぽい人影に弾丸を撃ち続けた。やがてベレッタのスライドが弾丸を撃ちつくしてしまったので開いてしまった。

彼女は餌食のほうに近づいていった。懐中電灯は辛うじてしっかり握られていた。その距離ではまだ男物の上着の全体を辛うじて見分けられるだけだったが、銃弾に引き裂かれていた。不意に、その上着が動いた。それは転げることなく直立した状態で、甲板の上に立ちあがった。マキーはショックを受けて見つめた。その眼差しは恐怖に変じていた。その上着はピットが着ていたのではなかった。そうではなく、船の長いオールの一本に支えられていた。

窪みの中に両方の腕をあげて立って、ピットは上着を船の上にかざしてマキーの銃撃を呼び寄せていたのだ。彼は乏しい光の中でピストルで動く標的を撃つ難しさを心得ていたので、上着を犠牲にして自分自身は姿を隠していたのだった。ピットはベレッタの最後の弾丸が発射された音を洞穴の木霊のせいで聞きとれなかったが、マキーの懐中電灯が上着の上で揺らめくのを見て、彼女のほうへ向かった。

マキーは敗北感に打ちのめされてよろめいた。後ろへたじろぎ、船のマストにぶつかった。その根元には、ピットが送りだした錨がぶら下がっていた。彼女はその錨を長い間見つめていたが、やがてピストルをひょいと脇へ投げだした。懐中電灯を甲板に置き錨のロープを解くと立ちあがり、マストの綱を船の側面まで持っていった。一言も発しないまま、彼女は首にロープをゆるく巻きつけると引いて固く絞めた。手すりにのぼると、彼女は身を乗りだして跳んだ。

洞穴は静まり返っており、マキーの首の骨の折れる音が、つぎにロープから外れた彼女の身体が転がり出て窪みの底に落ちる音が、ピットには聞こえた。彼は人影にゆっくり歩み寄り、なんの動きもないのでゆっくり近づきながら懐中電灯を点けた。

マキーは硬直した表情で横たわっており、虚ろな目が忘却の淵(ふち)を見つめていた。彼女の金のスカラベの首飾りは彼女が落下中に鎖が切れてしまい、彼女の隣にまるまっていた。狂気に取りつかれたとは言え、かつては美しかった女性をピットは長い間見つめていた。やがて彼は、なにも映っていないマキーの目を優しく閉じてやった。つぎに彼はスカラベを拾いあげ、船の手すり越しにそれをデッキに並べた。

「あなたの時代は終わった。男性抜きの世界が訪れる気遣いはない」彼は静かに語りかけた。ピットは立ちあがると、頭上の三五〇〇年前の船を見つめた。

72

高い船首が最初に彼の目を捉えた。船首に彫られたハスの花には、エジプトのアンクとケルト十字が絡みあっていた。それはありそうにない文明のシンボルの混淆で、船の時代と出所を暗示していた。

その船の全体の造りは生硬で、材木は不均一だし継ぎ目の隙間が大きいことにピットは気づいた。長い航海用ではなかった。葬送船としてはギザの大ピラミッドの近くで見つかったクフ王の葬送船とすこぶる似ていた。

ピットはほっそりとした甲板を過ぎって、有蓋の船室へ向かった。枯れて久しい花が、木製の閂が掛かっている小さなドアに近づく彼の足許で砕けた。

閂を抜くとドアが軋みながら開いたので、ピットはかがんで中に入った。真っすぐ身体を起こして、懐中電灯で狭い部屋をぐるりと照らした。さまざまな大きさの陶器の壺が周囲の壁面に並んでいて、中央の高い台座を取り囲んでいた。その上には色を塗った棺が載っていて、その表面には中に納まっている人物の顔が彫られていた。

ピットはさらに近づいた。船と同じように、棺に彫られた容貌は古代エジプトの王墓より正確さにおいて劣っていた。だが、まぎれもなく大きな目をしており、エジプト人特有の縞模様の頭巾ネメスをかぶっていた。

ピットは懐中電灯を甲板に置き、棺の蓋に力を掛けてみた。抵抗なく動いたので蓋を持ちあげて壁に立てかけた。懐中電灯を取りもどして棺の中を見た。

エジプトの王女メリトアテンが、身体の大半を分厚い亜麻布に包まれて横たわっていた。彼女の頭は露出していて、髪の毛は黒くて濃く、枯れた花とクローバーの冠に囲まれていた。錆びついた一振りの刀が彼女に添えてあった。どっしりとした金の首飾りをしていて、青緑色のファイアンスのビーズがちりばめられていた。頭の左右には一対の金のフープイヤリングがまとわりついていた。

しかしピットの目を引いたのは、移住したアイルランドの女王とともに埋葬された宝石類ではなかった。

ジョルディーノはガビンのピストルを構えて洞穴に飛びこんできて、地べたにうつ伏せで横たわっているレイチェルに躓(つまず)いて危うく転びかけた。ほっと安堵(あんど)の笑みが彼の顔を過ぎった。ピットが踏み段を上って窪みから現れたのだ。

「なるほど、あんたは大宮殿を見つけたんだ」彼は開けた洞穴を見回しながら言った。

「おれたちは控えの間を見つけたようだ。小さな祭壇一つに、岩がいくつか」

「みんな無事か？」ピットは訊いた。

「連中は、すぐ後からついて来ている」彼は懐中電灯をレイチェルの死体に向けた。

「マキー？」彼は訊いた。

「いや、彼女はこっちだ」ピットは窪みの中を指さした。「彼女は楽な逃げ道を選んだ。自分がただ一人の生き残りだと悟って」

ジョルディーノは踏み段の上に身を乗りだし、懐中電灯で窪地の中を照らした。マキーの命を宿さぬ身体がエジプトの船の下の、垂れさがったロープの脇に見えた。彼は入口近くに足を引きずる音を聞きつけて向きなおった。

ブロフィーがダークの肩に腕を回して支えられながら洞穴に入ってきた。アイルランド人は洞窟の光景に目を大きく見開き、ダークは父親の姿に安堵してうなずいた。

「われわれはパーティーにおくれたようだな？」ブロフィーはレイチェルを避けて通りながら訊いた。

「どうやら、そうらしい」ピットは応じた。彼は奥の岩壁とそこに揺らめいているほのかな光を指さした。「あそこを掘り起こして外に出られそうなので、あなたは階段を上らずにすみそうです」

「そいつはたいそうありがたい。ほかになにが、ここで見つかりましたか？」彼は痛みに優る好奇心に駆られて訊いた。

「ここには船がある」ジョルディーノが窪みを覗きこみながら答えた。「来て見るといい」

ジョルディーノはブロフィーを支えて踏み段を下ろしてやり窪みを歩いていった。彼らの揺らめく灯りが　ほどなく船の甲板に現れた。

ダークは父親に近づき、上から船を眺めた。

「あれはエジプトのピラミッドの脇に埋められている船に似ている」

「葬送船だ」ピットは答えた。「ケルトとエジプトの象形文字が記されている」

「彼女は乗っていたのだろうか？」

ピットはうなずいた。「お前とサマーの予測通りに。メリトアテンは船室内にしつらえられた王家の墳墓に収まっている。修道僧たちはまったく手を触れていない。彼らは墳墓を見つけた時、それを聖アントニウスの導きだと見なしたに違いない」

ダークはサマーとリキのことを考えながら長々と船を見つめていた。聞くのを恐れていた質問がやがて彼の口許を過ぎった。「アピウム・オブ・ファラスは？」

ピットは銃弾に引き裂かれた上着を開いて、腰の脇の膨らんだ革の袋を見せた。彼は息子の背中を叩いた。

「どうやら、息子よ、おれたちの時代はまだ終わりではなさそうだ」

エピローグ　時代を超えた女王

73

ワシントンDC
二年後

高い台座の上に、天井の明るい光を隈なく浴びて展示されている王女メリトアテンの葬送船は際立っており、スミソニアン自然博物館のほかの人工物にもまして人目を引いた。長いオールに優雅な船首を備えた古代のその葬祭船は、これまでに発見された中ではもっとも古い無疵の船の一隻だった。

メリトアテンの棺とエジプトの王女自身のミイラだけは、共にプレキシガラスのケースに収まっていて、博物館一階の特別展示室の小規模な展示品と十分に注目を競い合っていた。

メリトアテン展示会は王女の全生涯を網羅しており、エジプトからスペインを経てアイルランドへいたる旅、さらにはスケリッグ・マイケルでの最後の墳墓が提示されていた。さまざまなケースに、彼女の刀、宝石類、それに葬送船の上で彼女と一緒に見つかったカノブス壺（人の形をした臓器収納器）が陳列されていた。エバンナ・マキーのエジプト製の金のスカラベの首飾りも、陳列室の一隅を占めていた。

しかし、メリトアテンの持ち物の中で一番価値のある品物は片隅の小さなケースの中に展示されていて、ごくわずかな注目しか引いていなかった。それは小さな灰色のヤギ革の袋で、中に入っている干からびた植物の見本と一緒に並べられていた。

ピットとローレンは博物館入口の検閲所を通り抜けて、展示会の内覧会に集まった少人数の要人たちの仲間に加わった。博物館の職員たちが、政治家や国際的な考古学者たちに混じって、稀な人工物を鑑賞していた。

背は低いが威勢のいい、赤ひげを刈り揃え火が点いていない葉巻をくわえた男がピットとローレンの到着に気づき、護衛を引き連れて近づいて行った。副大統領ジェームズ・サンデッカーはローレンに会釈をしてその手にキスをすると、ピットのほうを向いた。

「傑出した発見だ、君、まったく素晴らしい」副大統領は言った。彼はかつてNUMAでピットの上司だった。

「ありがたいことです、特別展示会ができて」ピットは言った。「ダークとサマーがエイモン・ブロフィー博士に密接に協力をして、アイルランドでメリトアテンを突きとめました。ブロフィーの負傷が癒えてから、彼が葬送船の改修と保存の任に当たりました。最終的には、葬送船はダブリンの国立博物館で永久的に展示されることになります。博物館はメリトアテンにさらなる旅をさせることに気が進まなかったのですが、ブロフィー博士が力説してくれたお蔭で、ここで特別展が開催できる運びとなりました」

「それぐらいしたっていいさ、彼女の発見に君が果たした力添えを考えるなら」サンデッカーは言った。「それに、もっと重要なのは、エバンナ・マキーをその仕事から締め出したことだ」

「まったくひどい女性です。どれだけ死をもたらしたことか」ローレンが首をふりながら言った。

「もっとずっとひどい事になっていたろう」サンデッカーは言った。「こと悪事に関して言うなら。聞くところによると、ブラッドショー上院議員はＦＢＩに尋問されて、多額の報告されていない選挙資金の寄付をマキーから受け取っていたことを認めたそうだ」

「影響力の密売だわ、最悪の」ローレンは言った。「上院の倫理調査委員たちはほんの表面を引っ掻いただけだけど、彼に荷造りさせるに足る証拠を見つけた。彼は今日の夕方には辞表を提出するでしょう」

「少なくとも、彼は止めを刺されたことを悟ったわけだ」サンデッカーが言った。サンデッカーはメリトアテンの革の小物入れのケースを指さした。「あの袋にわれらが種族を救ってくれる絶滅した植物が入っているのか？」

「そのようです」ピットが答えた。彼はエリーズ・アグイラが展示室に入ってくるのに気づき、彼女に手を振った。「お出でになりましたよ、われわれが感謝すべき若いご婦人が」

ピットは農学者をローレンとサンデッカーに紹介しながら、彼女が二人に会って、見るからに緊張しているのに気づき面白く思った。

「メリトアテンの墳墓の発見以降ずっと、エリーズは農務省や疾病制御センターと協力して、問題の絶滅した植物の再生に当たってきました」

「あなたはエボリューション・プレイグに効く治癒薬を開発中なんですか？」サンデッカーが訊いた。

「私たちの手で再生した完全なＤＮＡのお蔭で」彼女は答えた。「私たちはようやくシルフィウムを再生することができました。メリトアテンと一緒に埋葬されていた植物です。私たちはそれが絶滅した理由も突きとめました。その生育は大変むずかしく、制御された条件下においても、ごく限られた土壌と湿度のもとでしか繁茂できないようです。原種は古代リビアで自生していましたが、ローマ人が大量に刈り取ってしまうと、自力で再生する能力をまったく備えていなかった」

「しかし、いまやあなたは育てることができるのね？」ローレンが訊いた。

彼女はうなずいた。「短期間に十分な量を栽培して、エボリューション・プレイグに罹（かか）っている人を助けるのは不可能です。私たちの真の目的はシルフィウムに見つかった化合物を合成して、問題の病原菌から護る、あるいはそれを破壊することです。私たちは初期のサンプルを創り、目下テスト中です。それをエボリューション・プレイグに供給水が汚染されている地域に早く配布することが私たちの願いです」

「その間」サンデッカーが言った。「われわれは女性誕生の大波にさらされるのですな？」

「出生率の上昇はごく短期間のはずです」エリーズは答えた。「一年ないしは二年の変異に留まり、その間に療法が十分に普及し、均衡が回復してほしいものです」彼女はピットに向かってうなずいた。「バイオレム・グローバル研究所から入手した記録のお蔭で、私たちはそうした汚染されたすべての地域についてかなりの知識を得ました」

「何隻ものタンカーが水上で事前に拘束され、さらに病原菌がばらまかれるのが阻止された」ピットが知らせた。「しかしながら、あの会社の記録は世界でも最大の都市のいくつかに、大規模な散布をしたことを示唆している」

「いささか圧倒されるほどです、潜在的に汚染されている女性の数を考えると」エリーズが発言した。「ありがたいことに、全員が回復しないと考える謂れはありません、十分な手当てさえすれば。さらにはこの療法は、これまでの疫病がもたらしたコレラに似た症状にも効くはずです。問題なのは、汚染の兆候のまったくない女性に治療薬を説得して飲ませることでしょう。個人的には、エルサルバドルへ戻りセロン・グランデの人たちに治療薬を持って行く日が待ち遠しい限りです」

サンデッカーは人工物のほうに葉巻を向けた。「王女メリトアテンはその時代の男性ばかりでなく、われわれのつぎの世代も救ったようだ」

「まさしくおっしゃる通りです」エリーズは言った。「ぜひお知らせしておきたいのですが、かつてバイオレム・グローバルにいたマイルズ・パーキンズ博士に、私たち研究面でお力添えを頂いております」

「エジンバラ大学はマキーの研究所を引き継ぎ、いまは彼の指揮下にあるそうです」ピットは知らせた。「彼は立派な方だ」

「ええ、パーキンズ博士には大変お世話になっています」エリーズが言った。「実は、エボリューション・プレイグに罹った人の治癒薬になってくれることを私たちが期待している合成物に名前をつけるよう、指示してくれたのは博士なのです」

「治癒薬のための名前って?」ピットが訊いた。

彼女はうなずいた。「博士は治癒薬の招来に重要な働きをした人たちを評価するのが妥当だろうとお考えでした」

「それをあなたはなんと呼ぶことにしたのかしら？」ローレンが訊いた。

エリーズは夫婦を見つめて、恥じらうような笑いを浮かべた。「DP‐1と呼ぶことになっています、あなたのご主人の名前にちなんで」

ローレンはピットを小突いた。「種の半分の救世主。この世に女性がもっと増えないからって、失望するには及ばないのでは？」

「それもまんざら悪くもないな」ピットは貪欲な笑いを浮かべた。「実を言うと、私に大事な女性は一人しかいないんだ」

ピットはローレンに腕を差し出した。二人は向きを変え、展示室をゆっくり歩いていった。自分の王女を横に支えて。

訳者あとがき

このたび訳出した『ケルト帝国の秘薬を追え』は、アメリカの作家クライブ・カッスラーのダーク・ピット・シリーズ第二五巻 *Celtic Empire* の全訳である。日本語版では四三と四四冊目になる。このシリーズは、第一巻の刊行が一九七三年であり、本書の原本が刊行されたのが二〇一九年なので、その時点でめでたく四六年目を迎えたことになる。しかし、すでにご存じのことであろうが、クライブ・カッスラーは今年二〇二〇年の二月二四日にアリゾナの自宅で亡くなった。思いもかけない訃報で、さぞや驚かれた読者も多いことと思う。そういうことで、この『ケルト帝国の秘薬を追え』が、なんとも寂しいことながらカッスラー親子の共同執筆という形ではこれがシリーズの最終作となる。私事ながら、四〇年以上にわたって作品の翻訳を介して彼と話し合い、また彼自身の人柄にも心服し、彼が現役である限り私も現役で頑張ろうと考えていただけに大きなショックに見舞われ、それからなかなか抜けきれない状態が続いている。せめて彼の享年の八八歳まで、努力してみようかなどと思い直したりしている。

ところで、本書においても、カッスラー親子は遺憾なく創作力を発揮している。エジプトの新王国時代の紀元前一三三〇年前後に実在したある王女や男の子たちのミイラが、なんと二一世紀の現代社会を大きく揺さぶるのだ。

中央アメリカのエルサルバドルの広大な発電用ダムの崩壊とその周辺で頻発する男の子の死、さらには国連からその地方の農地へ派遣された農学者たちを標的にした殺人事件。デトロイトの水路での故意と思えるオイルタンカーへの衝突事件。ナイル河畔のアブシンベル寺院付近で生じた考古学者たちへの襲撃。さらには、スコットランドのネス湖に、下院議員である妻とともに招待されたNUMAの長官ダーク・ピットへ延びる殺し屋の手。こうした一連の事件の間になにか共通点があるのだろうか？それを解くカギは、三〇〇〇年以上も前に父親である国王を疫病に奪われて、エジプトを脱出した王女メリトアテンにまでさかのぼる!? なぜ、アメンホテプ四世と王妃ネフェルティティの長女の彼女に？

一連の事件を引き起こす敵の狂気じみた企みを阻止するために、ダーク・ピット親子を中心とするNUMAの面々や考古学者たちが命がけで、王女メリトアテンのミイラと共に埋められている、秘薬〈アピウム・オブ・ファラス〉の探索にたちあがる。

ご存じのことと思うが、クライブ・カッスラーの経歴を簡単に記しておく。一九三一年七月、イリノイ州に生まれる。カリフォルニア育ちで、コロラド住まいが長いが、のちにアリゾナにも居を構えた。一九五〇年に勃発した朝鮮戦争当時に空軍に入り整備士と航空機関士を務める。その後、テレビ界に入り、コピーライターやアートディレクターとして国際的に華々しい活躍をするが、作家志望やみがたく、苦労のすえに四二歳の時に処女作を刊行。遅いスタートである。それからさらに三年、世に問うた『タイタニックを引き揚げろ』（新潮文庫、扶桑社ミステリー近刊）で彼は一躍、海洋冒険小説の第一人者となり、以後長く健筆をふるってきた。

彼との、それに彼の作品との出会いは、私にとっては素晴らしい出会いであった。心よりご冥福を祈る。

最後になったが、今回も、編集を担当してくださった吉田淳さんや多くの方のお力添えを頂いた。この場を借りてお礼を申しあげる。

二〇二〇年　初夏

◉訳者紹介　**中山善之（なかやま・よしゆき）**
英米文学翻訳家。北海道生まれ。慶應義塾大学卒業。訳書にカッスラー『タイタニックを引き揚げろ』（新潮文庫）ほか、ダーク・ピット・シリーズ全点、クロフツ『船から消えた男』（東京創元文庫）、ヘミングウェイ『老人と海』（柏艪舎）など。

ケルト帝国の秘薬を追え（下）

発行日　2020年7月10日　初版第1刷発行

著　者　クライブ・カッスラー&ダーク・カッスラー
訳　者　中山善之

発行者　久保田榮一
発行所　株式会社 扶桑社
〒105-8070
東京都港区芝浦1-1-1　浜松町ビルディング
電話　03-6368-8870(編集)
03-6368-8891(郵便室)
www.fusosha.co.jp

印刷・製本　株式会社 廣済堂

定価はカバーに表示してあります。

ISBN 978-4- 594-08562-9　C0197